지금
좋아하는 일을
하고 있습니까?

지금 좋아하는 일을 하고 있습니까?

김정연 지음

누군가의 특별한 순간을 만드는
어느 파티플래너 이야기

생각의창

지금 정말
잘하고 있는 거예요!

"안녕하세요. 저는 김정연 님의 인터뷰 영상을 보고 파티플래너라는 꿈을 갖게 된 ○○대학교 ○○○이라고 합니다."

"진로에 대해 고민하던 중 우연히 선생님의 글을 보게 되었습니다. 가슴 뛰는 직업이라는 생각에 용기를 내어 메일을 드립니다."

제가 이 책을 쓰게 된 것은 이분들 덕분입니다. 이메일로, DM으로, 블로그 댓글로 이렇게 구구절절 '진심'이라는 걸 담아 물어오는 이분들을 사실 저는 얼굴 한 번 본 적이 없습니다. 하지만 '꿈'이라는 단어와 '용기'라는 단어는 언제나 치열했던 저의 이삼십 대를 떠올리게 합니다. 긴 글이 아니더라도 질문자가 던지는 질문에는 제가 질문자와 같은 시기 가졌던 (매우 유사한) 고민, 막막함, 힘든 마음이 고스란히 담겨 있습니다.

그래서 바로 '답장' 버튼을 눌러 "저도 그랬어요!"라고 말하듯 한 분 한 분에게 짧은 글이라도 보내고 싶었습니다. 하지만 결국은 그렇게 하지 못했습니다. 혹여나 무심코 던지는 저의 조언이 각자의 성향과 상황을 잘 파악하지 못하고 건네는 뜬구름 같은 이야기는 아닐까. 이로 인해 누군가의 인생에 좋지 않은 영향을 미치면 어쩌나. 이런 막연한 걱정 때문이었습니다.

그렇게 시간이 흐르던 어느 날 순간적으로 이런 생각이 들었습니다. '이분들에게 도움이 될 수 있는 일이 없을까? 무엇이라도 해봐야 하지 않을까?' 그리고 고민 끝에 내린 결론은 다름 아닌 '책'을 쓰자는 거였습니다. 아마 처음 책을 쓰기로 다짐했던 건 제 블로그의 기록대로라면 2021년 9월, 벌써 3년 전입니다.

생각한 시점부터 따지면 조금 늦었나 싶기도 하지만, 그때의 저보다는 지금의 제가 여러모로 더 성장해있기에 지금이 적기라는 생각이 듭니다. 이 책을 쓰면서 고3 시절만큼이나 많은 밤을 새웠습니다. 그만큼 더욱 의미 있게 다가가기를 바라는 마음입니다.

나름대로 열심히 살았지만 여전히 뭘 하며 살아야 행복할지 갈피를 못 잡겠다는 분들! 이번 생은 망한 것 같아 다시 태어나고 싶다고 생각하는 분들! 매일 밤 울던 저와 비슷한 상황에 계신 분들입니다. 제가 그랬으니까요.

지금 돌아보면 제일 힘들 때 방향을 잃지 않고 갈 수 있게 해준 건 "잘하고 있다"는 주변의 진심 어린 응원이었습니다. 인생에서 한 명쯤은 '무조건 내 편'이 있어야 무럭무럭 내 꿈을 펼칠 수 있다고 생각합니다. 만약 이 글을 읽는 분 곁에 그런 사람이 없다면 기꺼이 제가 그런 사람이 되어 드리고 싶습니다.

"저는 당신이 맞다고 생각합니다. 지금 정말 잘하고 있는 거예요!"

이렇게 응원을 보내고 싶습니다.

이 책은 2017년부터 시작해서 이제 약 200회의 파티, 행사, 축제를 총괄해온 파티플래너 김정연, 바로 저의 이야기입니다. 어떻게 파티플래너가 되었는지, 그 일이 왜 '천직'이라고 생각하는지, 실제로 어떤 일들을 하고 있는지, 언제 울고 언제 웃는지… 현장에서 제가 겪은 이야기들로 100% 채워져 있습니다.

제가 정답은 아닙니다. 다만 저는 제가 진짜 좋아하는 일을 하며 진심으로 행복해하고 있습니다. 그래서 여러분께 감히 저의 이야기를 진솔하게 들려 드리고 싶습니다.

모두가 사랑하는 일을 하며 행복하게 산다면 얼마나 좋을까요. 그런 날이 오기를 진심으로 바랍니다. 그리고 이 책이 그 날을 위해 작은 역할이라도 했으면 정말 좋겠습니다.

차례

PARTY

PLANNER

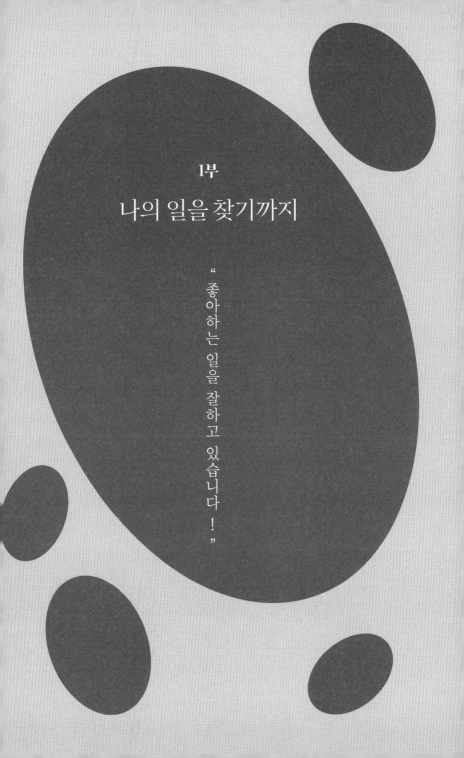

1부

나의 일을 찾기까지

" 좋아하는 일을 잘하고 있습니다 ! "

◆

매일 일어나서 내가 나에게 하는 말

"어떤 상황에서도 나를 사랑하기로 한다."

"중요한 건 꺾이지 않는 마음."

"심장이 뛴다면 꼭 해봐야 마음에 후회가 남지 않는다."

혹시
'미운오리새끼'가 아닐까?

파티=행복

내겐 좀 촌스러운 핑크 줄무늬의 사진첩이 하나 있다. 심심할 때마다 꺼내 보곤 하는 그 사진첩에는 아주 인상 깊은 내 어릴 적 사진이 들어 있다. 바로 세상 화려한 공주 드레스를 입고 앞에 놓인 케이크 위 촛불을 불고 있는 나와 각자 준비해 온 선물을 품에 안고 있는 친구들의 모습이 담긴 사진이다.

초등학교 시절, 김정연의 생일인 3월이 되면 그 생일잔치에 가져갈 선물을 준비하느라 전교생이 바쁘다는 말이 있을 정도로 우리 엄마는 누구보다 성대하게 딸의 생일을 챙겼다. 엄마의 어릴 적 꿈은 친구들을 집에 한 번 초대해보는 것이었다고 한다. 짐작하건대 너무 가난해서 엄두도 내지 못했던 그 오래된 꿈을 딸의 생일잔치를 화려하게 치르는 것으로 이루려 하지 않았을까 싶다. 그러니까 엄마는 딸을 통해 소위 대리 만족을 했던 것이다.

어찌 됐든 매년 그렇게 생일을 치러온 나는 '특별한 날에 사람들이 모여 함께 축하하는 행위'가 너무나 당연한 사람으로 자랐다. 생일날 촛불조차 붙지 않는 사람이 이 세상에 존재한다는 걸 결혼을 하고서야 알았다. 그리고 실로 엄청난 충격을 받았던 기억이 난다.

나에게는 이처럼 어릴 때부터 소중한 사람들이 모여서 함께 축하하는 그 순간이 이루 말할 수 없는 '행복'이었다. 가끔 기업 창립 10주년 같은 행사에서 찍힌 내 모습 중에는 흐뭇하게 엄마 미소를 짓고 있는 사진들이 많다. 신기한 건 소중한 사람들이 모여 함께 축하하는 자리에서 느끼는 행복감은 가족들과 생일 파티를 할 때나 파티플래너로서 파티를 수관할 때나 크게 다르지 않다는 사실이다. (오히려 내가 만든 파티에서 행복해하는 사람들을 보면 행복에 성취까지 더해져 더 짜릿한 것 같기도 하다.)

늘 습관처럼 "파티를 통해 많은 사람이 행복해졌으면 좋겠다"는 말을 하곤 하는데, '파티=행복'이라는 공식이 내 안에 자리 잡고 있기 때문이 아닐까?

공부는 수단, 목표는 놀기

꽤 '목표 지향적'이었던 나는 무조건 높은 점수를 받으면 되는 수능 시험이 가장 쉬운 방식의 목표였다. 인생에서의 목표는 그걸 무엇으로 할지 정하는 것부터가 굉장히 힘들기 때문이다. 그 목표를 위해 단순 무식하게 공부했고, 경기도 밖을 나가본 적 없는 수원 촌놈이 서울에 있는 대학교에 합격하는 쾌거(?)를 이뤘다. 그리고 그때부터 나의 목표는 그간의 노력에 대한 보상 심리로 그랬는지 '하고 싶은 거 다 해보기'로 180도 바뀌었다. 마치 공부와는 담을 쌓은 사람처럼 매일매일을 선배들이나 동기들과 놀기 바빴다. 어쩌면 참 행복했던 시절이었다.

매일 술을 먹고 놀면서도 한편으로는 정기적으로 공연하는 밴드 소모임에 들어가 베이스기타 세션을 맡기도 했다. 그리고 하찮은 실력이지만 무대 위에도 정기적으로 올랐다. 그때는 사실 기타 연주에 대한 로망보다는 친구들과 매일 만나 합주를 핑계로 노는 게 더 좋기는 했다.

수원에서 서울의 혜화동까지는 '마을버스-광역버스-지하

철-셔틀버스'를 이용해야 했다. 하지만 무려 2시간이 넘게 걸리는 등굣길이 얼마나 설레고 즐거웠는지 모른다. (학교가 멀어 한 번 가면 온 시간이 아까워서 더 늦게까지 놀다 온 것도 사실이다!)

그런 생활을 거쳐 대학교 2학년이 된 나는 프랑스어문학과로 전공을 정했다. 고등학교 때 제2 외국어가 프랑스어였는데 학교 대표로 빅토르 위고의 시 낭송 대회에 나갈 만큼 프랑스어를 좋아했다.

어느 날 프랑스어문학과에 '프랑스어 연극배우를 뽑는' 공지가 붙었다. 연극배우라니, 이거다 싶었다. 이때가 아니면 평생 못 해볼 것 같았기 때문이다. 물론 오디션이라는 난관이 있었지만, 실력을 객관적으로 검증해볼 수 있는 기회이기도 했다. 발 연기 주제에 무슨 자신감이었는지는 모르지만, 어쨌든 오디션을 통과해 사이코 하녀 역을 따냈다. 짙은 화장을 하고 서럽게 울다가 갑자기 웃어 젖히는, 말 그대로 '돌아이' 역할이었다. 생각해보면 과정의 성과가 보여지는 프로젝트성 협업이 개인적으로 잘 맞았고, 무대에 서는 디데이까지 여럿이 함께 준비하는 과정도 재미있었다.

다른 한편으로 대학생의 꽃이라는 MT도 빠지지 않고 다녔다. MT에 갈 때마다 "우리 이것도 하고 저것도 하자!"며 앞장서 동기들과 상의했다. 사실 대학생 때 "MT에서 뭐 했니?" 하면 "음… 뭐 술 먹고… 또 술 먹고… 했지 뭐"라는 대답이 나오는 게 일반적이다. 맞다. 사실 그냥 성인이 된 풋내기 아가들이 당당하게 술을 먹을 수 있는 날이 우리가 아는 MT였다. 하지만 난 이때도 그 시간이 더 '재미있고' 더 '의미 있기'를 바랐던 것 같다.

기억에 남는 MT는 대학교 2학년 때다. 나는 그날 추억의 놀이를 제안했다. 우리가 어렸을 때 동네에서 했던 '한 발 뛰기', '1234', '돈~까스' 같은 놀이다. (혹시 이 글을 읽으며 반가움을 느끼는 분들이 있다면 내 동년배가 확실하다!) 같은 세대라 그런지 모두들 추억의 놀이를 하며 시간 가는 줄 모르고 즐거워했다. 대성리 밤하늘이 어둑어둑해질 때쯤엔 모두 동그랗게 둘러앉아 누가 먼저랄 것도 없이 노래를 부르기 시작했다. 특히 "아무리 우겨봐도~ 어쩔 수 없네~"로 시작하는 〈개똥벌레〉가 기억난다. 지금 생각해도 참 아름다운 시간이었다.

신기하게도 내가 "이거 하자!" 하면 다들 즐겁게 "그래!"라고 해줬는데 그것이 난 무척 고마웠다. 2004년 스무 살 때의 우리는 올해 20주년을 맞이한다. 그리고 우리는 단톡방에서 '2024. 20주년 MT 계획'에 한껏 들떠 있다. (내가 기획을 해서 멋진 추억을 만들어줘야 하지 않을까? 혼자 설레는 중이다.)

얼마 전 문득 이벤티움이라는 회사의 대표 파티플래너로서 수많은 기업 파티를 기획해오면서 '내가 기획한 파티에는 어떤 공통점이 있을까?' 궁금했다. 그리고 그동안 만들어온 파티 사진들에서 한 가지 눈에 띄는 공통점을 발견했다. 바로 무언가 마음 따뜻해지는 이벤트가 있다는 것이었다. 예를 들어, 기업 송년 행사에서 대형 크리스마스트리에 소원을 적어 걸거나 다른 동료들을 칭찬하는 메시지 카드를 걸어보는 이벤트 같은 것들이 그것이다. 난 이런 마음 따뜻해지는 이벤트들이 진짜 좋다.

2023년 소노벨 변산의 야외 광장에서 보물찾기를 기획할 때도 기억이 난다. 야외 광장이라는 공간에서 아이들과 가족이 함께 보물찾기를 하면 좋을 것 같다는 생각을 했다. 그리고 아이들이 찾아야 하는 보물 중에는 눈에 보이지 않는 것들도 넣고 싶었다. 바로 엄마 아빠에게 "사랑해" 하는 미션이었다. 그것은 찾아야 하는 5개의 보물 중 하나였다. 우리는 서로에게 가장 소중한 보물이며, 지금 이렇게 함께하는 순간들이 보석보다 빛나는 순간들이라는 것을 알리고 싶었다.

돌이켜 생각해보면 대학생 시절부터 이벤트 기획자의 면모를 보였던 것 같다. 우리가 졸업한 지 20년이 되어가는 지금도 술자리에서 언급되는 우리만 아는 술자리 게임이 있다. 이름하여 '마따테'다. **마**음이 **따**뜻해지는 **테**이블의 줄임말이다. 마따테는 2004년 어느 날, 동기들과의 술자리에서 "너희가 너무 소중해"라는 말을 하고 싶었던 K 양이 고안해낸 게임이다.

"우리 돌아가면서 서로에게 고마웠던 점 이야기하자!"

우리는 그날 새벽을 지나 아침이 올 때까지 마음속에만 있던 고마운 이야기들을 꺼내놓았다. 그날 친구들에게 들었던 따뜻한 말들은 아무리 세월이 지나도 잊히지 않는다. 지금도 기업 행사에서 참가자들이 동료들의 칭찬을 적는 순간, 이 단어가 떠오른다.

마따테.

이런 것을 좋아하던 나는 세월이 지나 이제 그것을 일로 하고 있다.

한 줄로 서지 않겠다는 다짐

늘 새로운 경험을 좋아하던 나는 대학교 3학년 때 캐나다로 어학연수를 가고 싶었다. 그런데 사실 그때 우리 집은 아빠의 사업 위기로 가장 어려울 때였다. 나는 아빠 회사의 부도로 인한 폐업을 증명하는 서류를 들고 학과 교수님을 찾아갔다. 내가 늘 밝아서 이런 상황이었는지 전혀 몰랐다며, 경제적 상황으로 인해 지급되는 장학금 대상자로 선정되게 도와주셨다. 이것으로 한 학기 등록금의 부담을 덜 수 있었다.

아빠의 사업 위기로 엄마는 잠도 한숨 못 자고 자녀 셋을 위해 일을 하셨다. 이때의 우리 집 상황은 경제적으로도 정서적으로도 극한에 몰린 힘든 시기였다. "엄마, 나 캐나다로 어학연수 가고 싶어요" 했을 때 엄마가 얼마나 화를 내셨는지 모른다. 아마도 늘 딸을 위해 모든 지원을 아끼지 않으셨던 엄마가 경제적 상황 때문에 딸의 그 바람을 못 들어준다는 것에 속상하셨기 때문이었으리라. (분명 소리 지르며 화를 내고선 그날 밤 눈물로 밤을 지새웠을 것이다.)

6개월에 1,500만 원이 필요했다. 아무리 생각해도 당시 우리 집 상황에서는 도저히 불가능한 금액이었다. 포기하는 게 맞았다. 그런데 그때 엄마의 마지막 한마디에 희망이 생겼다.

"네가 어느 정도 모으면 엄마도 나머지는 마련해볼게."

나는 그날 바로 동네 24시간 사우나에서 밤 10시부터 아침 8시까지 일하는 가장 시급이 높은 아르바이트를 지원했다. 내가 몇 달간 모은 몇백만 원에다 엄마로부터 비슷한 정도의 금액을 지원받아 2017년 2월 캐나다 토론토에서 연수를 시작했다.

눈물 젖은 지원을 받아서 왔는데, 기껏 한국 친구들과 어울리며 한국어를 쓴다는 것은 스스로 용납할 수 없었다. 나는 독하게 한국어를 쓰지 않았다. 또 연수 아카데미에서 큰 비중을 차지했던 남미 쪽 친구들과 노는 게 재미있었기 때문이기도 했다. 잘 알다시피 남미 특유의 문화와 분위기가 있다. 그들에게는 파티가 일상이며 느긋하고 자유롭다. 남과 나를 비교하는 것도 덜 하고, 남 눈치를 보는 것도 덜 하다. 나는 그런 자유로움이 좋았고, 나라는 사람과 잘 맞는다고 생각했다.

그러던 어느 날 같은 반 남미 친구가 파티에 나를 초대했다. 그들에게는 일상인 그냥 '바비큐 파티'였다. 파티에서 뭘 해야 되는지 몰랐지만, 맛있는 술을 마시며 영어로 이야기 나누는 그것만으로도 충분히 재미있었다.

원래 영어를 좋아했던 나는 그 아카데미에서 실시한 테스트를 통해 가장 높은 레벨의 반에서 공부할 수 있었다. 그 아카데미에는 '방송반' 같은 개념의 클래스가 있었는데 'power speaking & modern media'였다. 매주 이뤄지는 크루즈 파티, 교내 장기 자랑 등을 기획하고 방송으로 홍보하는 커리큘럼이었다. '기획'과 '방송(말하기)'은 나에게 있어 세상 제일 재미있는 일이었다.

그렇게 6개월, 짧다면 짧고 길다면 긴 시간이지만 이때 깨달은 게 있다. 우리나라에서는 '좋은 대학교-좋은 직장'이라는 같은 목표를 위해 모두가 한 줄로 서 있지만, 다른 세상에 와서 제3자가 되어 보니 하나의 줄에만 결코 서 있을 필요가 없다는 것이다. 세상에는 너무나 많은 분야가 있고, 정답도 없었다. 심지어 내가 가고자 하는 곳에 아무도 없을 수 있고, 그렇다면 내가 시작점이 될 수도 있었다. 그 사실이 나를 가장 설레게 했다. 사실 어떻게 보면 이건 아주 막연한 느낌이기는 했다. 하지만 그때 결심했다. 방향도 모른 채 맹목적인 '한 줄 서기'는 하지 말자고.

그냥 '좋아서 했던 것'들

어느 날 TV 예능 프로그램 〈라디오스타〉에 배우 이혜영 님이 나오셔서 이런 말씀을 하셨다.

"나는 다들 나처럼 옷을 잘 입는 줄 알았어요. 옷 잘 입는 게 제일 쉬웠기 때문이죠."

이 말에 엄청난 공감을 했다. 사람은 자기가 타고난 재능은 너무나 자연스러워서 이게 재능인지도 모르고 살기 십상이다. 분명 남과 다른 '나'만의 타고난 재능이 있는데, 우리는 그러려니 하고 넘어간다. 그러면서 남들과 비교해 자신이 부족한 것 같은 면들에만 집중한 나머지 '나'를 과소평가한다. 나중에라도 깨달으면 다행이지만 누구나 가지고 있는 '나'만의 보석 같은 달란트를 끝내 발견하지 못하고 스스로의 부족한 점만 자책하며 살아간다. 얼마나 슬픈 일인가.

나 또한 그랬다. '난 왜 이걸 못 할까? 난 왜 이럴까?' 이런 마음이 가득했을 때 어느 책에서 본 구절 때문에 '부족한 점, 잘 못 하는 것' 대신 '잘하는 점, 좋아하는 것'에 집중하기로 했다. 그러고 나서 시작한 게 '강점노트'였다. 내 강점노트의 팁을 공유하자면 이렇다.

노트를 하나 만들고 매일 생각날 때마다 적기 시작한다. 주변 사람들이 나에게 한 칭찬도 좋은 재료가 된다. 형식적인 칭찬이라고 생각하지 않고, 누군가 나에게 "넌 이걸 참 잘한다"라고 말했다면 지나치지 않고 적어보는 것이다. 사람들이 지나가며 던진 한마디가 인생을 바꿀 수도 있다. 내가 미처 발견하지 못한 나의 빛나는 면을 남이기에 더욱 쉽게 발견해준 걸 수도 있기 때문이다. 그리고 재미있는 것도 적는다. '누구나 이 일은 재미있겠지'라고 넘기지 않고, 재미있는 걸 적고 어떤 부분이 재미있었는지도 적는다.

나는 정리가 안 된 이야기들을 일목요연하게 목차화하여 정리하는 것을 좋아한다. 그리고 난 누구나 그걸 좋아하고 잘하는 줄 알았다. 그런데 블로그 커뮤니티에 들어갔을 때 모두 내 포스트를 보고 놀랐다. "어쩜 이렇게 정리를 잘하세요?" 그때 깨달았다. '내가 이걸 잘하는구나!'

나의 어린 시절을 먼저 기록한 이유도 여기에 있다. 지나고 보니 '내가 이런 걸 좋아했고 저런 걸 잘했다. 그래서 나는 파티플래너가 천직이었다!'라고 결과론적으로 인과관계를 맞췄지만 사실 저 때는 몰랐다. 내가 뭘 잘하는지, 뭘 좋아하는지.

첫 번째는 자신에게 관심을 갖고 자신이 가진 강점들을 발견할 줄 아는 안목을 키우는 것이다. 두 번째는 좋아하는 것을 발견하기 위해 많은 경험을 하는 것이다. 어떤 경험도 하지 않으면 자신이 이것을 정말 좋아하는지, 혹은 좋아하지 않는지 알래야 알 수가 없다.

만약 내가 밴드 동아리 활동, 연극배우 경험을 해보지 않았다면 '사람들과 한 팀이 되어 성과를 내는 것'을 좋아하는지 몰랐을 것이다. 또 토론토에서 방송반을 하지 않았다면 어떤 프로그램을 짜는 것, 사람들에게 설득력 있게 말하는 것을 좋아하는지 진짜 몰랐을 것이다.

설사 경험을 했더라도 보통의 우리는 바로 알 수가 없다. 아주 긴 세월이 지나고 나서야 자신이 그런 걸 좋아했었구나 하고 깨달을 수도 있다. 하지만 괜찮다. 그 작은 경험이 재미있었음으로 인해 다음 경험도 그 방향으로 나아갈 수 있기 때문이다.

아직 20대라면 재미있고 끌리는 경험에 열심히 도전하길 바란다. 만약 더 이상 새로운 도전을 할 수 있는 상황이 아니라면 그동안의 인생을 복기해보자. 무엇을 할 때 설렜는지, 어떤 것이 재미있었는지, 무엇 때문에 희열을 느꼈는지…. 그 안에 분명 공통점이 있을 것이다. 그것은 자신 안의 보석을 발견하는 일이다.

다른 도전을 하기엔 용기가 없었다

열심히 놀기만 했던 대학교 시절도 끝나가고 있었다. 대학교 4학년, 취업을 해야 하는 시기가 다가오자 지금까지처럼 마냥 놀 수만은 없었다. 나와 같이 놀던 친구들은 매일매일 자소서를 쓰고 합격·불합격 통보 메일에 웃고 울었다. 나 또한 춥디추운 옥탑방에서 하루가 멀다 하고 입사 지원서 메일을 보내고 있었다.

아니 '맹목적인 한 줄 서기'는 하지 않겠다고 그러지 않았나…? 그렇다. 캐나다에서 가졌던 나의 포부는 언젠가부터 내 안에서 자취를 감춰버렸다. 좋게 말하면 주변에 아무도 도전하지 않는 '창업'의 길로 가기엔 용기가 부족했다.

당시 친했던 한 친구도 미국 교환 학생 시기에 결심한 '새로운 길'에 역부족을 느끼고 있었다. 우리 둘은 둘 다 좋아하는 멕시코 음식 레스토랑을 오픈해볼까 하는 기대로 가게 이름까지 구상했다. 회사에 들어가서 일하는 것은 영 재미가 없을 것 같다는 일치된 생각으로 둘은 의기투합했다. 그렇게 설레고 있던 찰나, 그 친구의 대기업 합격 소식이 들려왔다. 그 상황에서 대기업에 입사하지 않고 막연한 창업의 길로 갈 수 있는 사람이 몇이나 될까. 나 또한 마찬가지였다. 말로는 창업을 하고 싶다고 했지만, 한 군데만 더 넣어보라는 선배의 말에 "아니야. 난 절대 지원하지 않을 거야"라고 말할 용기는 없었다.

아빠의 사업 위기에도 엄마가 불철주야 일한 덕분에 등록금은 밀리는 일 없이 낼 수 있었고, 영어와 수학 과외를 하며 용돈을 번 덕분에 어떻게 어떻게 대학교는 졸업할 수 있었지만 그 이후의 생계는 내가 책임지는 게 당연했다. 아니 더 많은 돈을 벌어 엄마 아빠가 덜 힘들 수 있게 하는 게 도리라고 생각했다.

자취하던 옥탑방 안에 침대 매트리스를 펴놓을 공간이 없어 벽에 기대 세워두고는 좌식 테이블을 방구석에 놓고 밤낮으로 자소서를 쓰던 날이었다. 불쑥 찾아온 가장 친한 친구가 나를 빤히 쳐다보며 말했다.

"네가 이런 사람인지 몰랐네."

여기서 '이런 사람'이란, 이렇게 열심히 사는 사람이었을 것이다. 그도 그럴 것이 대학교에 입학하면서부터 재미있게 놀기, 새로운 경험하기가 '목표'였으니 말이다. 그때는 스스로 정한 그때의 목표를 위해 최선을 다한 것이었고, 취업을 해야 하는 지금은 지향하는 목표가 새로 생긴 셈이었다. 나라는 사람이 바뀐 것은 아니었지만 친구가 놀라는 것도 어쩌면 당연했다.

나의 새로운 목표는 좋은 기업에 들어가 돈과 명예를 얻는 것이었다. 여기서 '좋은 기업'은 우리 부모님이 우리 딸 어디 다닌다고 했을 때 사람들이 감탄하며 축하해주는 기업이다. 다시 말하면 우리 부모님의 어깨가 올라가는 정도의 명성을 가진 기업이다. '돈'은 더 이상 부모님께 지원을 받지 않아도 될 만큼 벌며, 가끔 월급으로 부모님께 용돈도 드릴 수 있는 재력을 뜻한다. '명예'는 가족 중에 그럴듯한 회사에 다니는 사람이 하나도 없다는 엄마의 자격지심을 한 번에 없애줄, 들으면 알 만한 기업에 다니는 내 딸을 의미한다.

틀린 게 아니라 다른 것

충분하지 않은 돈으로 밥도 대충 먹으며 매일 자소서를 썼지만, 지원하는 족족 떨어지기 일쑤였다. S 기업에서는 2차 면접에 토론 과정이 있었는데 토론을 좋아하는 나는 나름 합리적인 근거를 대며 내 주장을 펼쳤다. 하지만 어쩌면 이것이 사회생활을 하기에는 너무 세 보여서였을까? 떨어졌다. 경쟁률이 그리 높지 않은 기업들도 인적성 검사에서는 100이면 100

탈락했고, 면접에 간 건 저 S 기업 한 번뿐이었다. 이 정도면 얼마나 성적이 저조했는지 미루어 짐작할 수 있을 것이다.

실패를 거듭하던 중 국내 기업이 아닌 외국계 기업에 눈을 돌렸다. 영어를 좋아하기도 했고 외국계 기업에 대한 로망도 있어서였다. 그 기업은 무려 5차 면접에 1,000:1이라는 어마어마한 경쟁률이었다. 그리고 매번 2차 면접도 못 가던 내가 5차 면접까지 덜컥 합격을 해버렸다. "그런 기업은 분명 다 내정자를 미리 정해놓고 면접을 보는 거야." 혹시나 딸이 마지막에 떨어져서 상심할까 봐 엄마는 계속 나에게 위안 아닌 위안을 하셨다. 실제로 붙고 나서는 "우리 딸 대단하다"고 얼마나 신기해하셨는지 모른다.

그렇게 합격을 한 6명의 인턴이 2개월을 고군분투했지만 그중 단 2명만이 생존했다. 그리고 나는 최종 합격자 명단에 없었다. 사랑하는 사람들에게 나의 힘든 일은 절대 내색하지 않는다는 철칙을 지켜오던 나는 이날 처음이자 마지막으로 엄마 앞에서 펑펑 울었다. (하필 시장에서 엄마가 좋아하는 팥칼국수를 같이 먹고 있을 때 불합격 문자가 올 게 뭐람.)

그런데 내가 이때 뼛속 깊이 깨달은 게 있다. 사실 난 수십 개의 지원서를 내고 기업들이 '지원해주셔서 감사합니다'로 끝나는 불합격 통보를 보낼 때마다 이 무한 거절에 어마어마한 상처를 받았다. '나'라는 사람의 가치를 인정받지 못했다는 데서 오는 일종의 패배감이었다. 그리고 이 좋은 기업들이 분명 나를 거절하는 데는 이유가 있을 건데, 나는 그 이유조차 모르고 있다는 한심함이었다. 그런데 가장 경쟁률이 높은 외국계 기업에 합격했다.

틀린 게 아니고 다른 것이었다.

누군가의 기준에는 내가 기준 미달일 수도 있지만 또 다른 누군가에게는 내가 그동안 찾던 인재일 수도 있다는 것. 이것은 내가 더 이상 형편없는 실패자가 아니라 나와 맞는 방향을 몰랐을 뿐이라는 생각을 하게 했다.

자책의 시간

실패감에 휩싸여 더 이상 지원을 하지 않겠다고 다짐했지만, 마지막으로 한 군데만 더 넣어보라는 친한 선배의 말에 이끌려 지원했던 곳이 D 그룹의 물류 부문 계열사였다. D 그룹은 꽤 이름 있는 기업이고 채용하는 직무 중에 해외사업팀이 있었다. '해외'나 '국제' 같은 이름이 들어간 팀은 내가 잘할 수 있는 무언가가 있을 것만 같았다. 하지만 무모하기 짝이 없게도 회사에 대해서는 아무것도 모른 채 지원을 했다. 어쨌든 면접에서 문제를 해결하는 방법을 프레젠테이션하던 나에게

"너무 자신 있는 거 아니에요?" 하셨던 면접관께서 감사하게도 나를 합격시켜 주셨다.

합격 메일을 받은 날, 나는 서울에서 수원으로 오는 광역버스 세 번째 줄 통로 쪽에 앉아 있었다. 회사명이 적힌 메일을 열자마자 자연스럽게 메일의 가장 하단으로 스크롤을 내렸다. '뭐지? 왜 지원해주셔서 감사하다는 형식적인 글귀가 없고 다음 OT 일정이 있는 거지?' 믿을 수가 없어서 다시 처음부터 읽어 내려가기 시작했다. 그리고 그 메일을 한 20번은 읽고 또 읽었던 것 같다. 그 버스 안에서 내가 얼마나 많은 눈물을 흘렸는지… 얼마나 수없이 마음속으로 "감사합니다"를 외쳤는지… 세월이 많이 지난 지금도 눈앞의 일처럼 생생하다. (이 장면은 나중에 퇴사할 때 제일 먼저 떠오른 순간이기도 하다.)

그렇게 나는 부모님이 원하시던 소위 '대기업'에 들어갔다. 그것 하나만으로 남들에게 우리 딸 어디 어디 다닌다고 자랑스럽게 말할 수 있도록 해준 효녀가 되었다.

그룹 입사 연수에서 크고 작은 프로젝트들을 팀으로 기획하고 발표하는 과정들이 이어졌다. 역시 재미있었다. 무언가를 기획하는 것, 그리고 발표하는 것은 나에게 전혀 어렵지 않은 일이었다. 팀 과제를 발표할 때는 팀원들이 내 눈치를 볼 만큼 나는 우리 팀의 완벽한 성과를 욕심내는 팀장 같은 역할을 했다. 그런데 이렇게 재미있고 신나는 시간이 그 한 달여의 그룹 입사 연수가 끝일 줄이야.

연수가 끝나고 각자의 계열사로 돌아갔을 때 나는 해외사업팀에 배정되었다. 거기에서 선배 직원 2명을 만났는데 그중 한 명은 내 입장에서 인간성을 상실했다고 말할 수밖에 없는 사람이었다. 처음에는 아무것도 모르고 시키는 대로 했지만 1년이 지나자 그 사람의 능력이 의심스러워졌다. 싫어도 좋다, 아닌 것도 맞다 하지 못하는 내 성격은 일련의 상황들에서 조용히 넘어가기 힘들었다. 무례한 말투에는 고분고분하게 답할 수 없었고, 틀린 건 아무리 선배여도 틀렸다고 말할 수밖에 없었다. 나의 부족을 탓하기도 했지만, 같은 부서의 다른 사람들이 나를 동정하는 정도가 심해지면서 이건 아니구나 싶었다. (사실 대학교 때까지는 늘 좋은 사람들만 곁에 있어서 내가 이렇게 잘 맞서는 사람인지 몰랐다.)

그것뿐이 아니었다. 대부분 여자 직원들로 이뤄진 국제 부서에서 우리가 신입 사원으로 입사하면서 새로운 골칫거리가 생긴 듯했다. 하루가 멀다 하고 선배 여직원이 우리 셋(국제 부서로 배정받은 나와 동기 2명)을 불렀으니 말이다. 회사에는 배기바지를 입고 오면 안 된다, 회사에는 트임이 있는 스커트를 입고 오면 안 된다, 회사에는 회색 부츠를 신고 오면 안 된다 등

황당하게도 옷차림에 관한 지적을 했다. 그 당시에 나는 내가 단정하게 입고 다닌다는 것에 한 치의 의심도 없었다. 그렇기에 그 이야기가 나한테 하는 말인 줄 진짜 몰랐다. 그런데 동기들의 옷차림을 가만히 보니 아무래도 이건 백 퍼센트 나한테 하는 말이라는 것을 인정할 수밖에 없었다. 이전에 외국계 기업에서 인턴을 할 때는 너무 평범해 보였던 내 옷차림이 이곳에 오니 세상 튀는 룩이 될 수도 있다는 것에 무척 당황스러웠다.

'옷을 신경 써서 입으면 더 좋은 것 아닌가? 난 저렇게 추리닝 같은 걸 입고 회사에 오는 게 더 이해가 안 되는데?'라고 생각했다면 좋았겠지만, 그 당시에 나는 나를 자책하기에 바빴다. 어떤 집단 안에서 자신이 튄다면 대부분은 자기 자신을 그 집단의 기준에 맞추려고 노력할 것이다. 나도 그랬다.

그때 잠깐 이런 생각도 했다. '혹시 내가 미운오리새끼가 아닐까? 모두가 오리고 나는 백존데 스스로 백존지 모르고 그들과 다른 나를 자책하는 건 아닐까?' 그러고는 이내 피식 웃고 말았다. '백조는 무슨 백조… 문제 덩어리지.'

자조 섞인 셀프 훈수와 함께 나를 자책하는 시간이 계속되었다.

나도 잘하는 게 있다

인간관계는 인간관계일 뿐 중요한 건 업무라는 생각이 들었다. 입사를 하고 나서 많은 종류의 업무가 나에게 맡겨졌다. 그중 루틴으로 했던 일은 매월 해외 지사의 실적을 관리하는 것이었다.

전형적인 문과형 인간으로, 숫자를 계속해서 바라보고 관리하는 것은 생각보다 힘든 일이었다. 그 안에서 틀린 것을 찾는 몇 시간의 정적인 시간은 고문과 같았다. 해외사업팀이라고 해서 해외 관련 일들을 할 줄 알았는데… 그게 아니었다!

그러던 중 아주 재미있는 일을 할 기회가 찾아왔다. 바로 우리 회사의 해외 지사에 있는 현지 채용인들을 우리나라로 초대해 '현채인 워크숍'을 기획하는 일이었다. 설레기 시작했다. 인도, 베트남, 중국 지사에서 각각 대표자로 선정되어 워크숍에 올 현채인들과 통화를 하며 가까워졌다. 그리고 공항에 도착한 그들을 맞이해 약 4일간의 국내 일정을 함께했다. 한국에 있으면서 한국과 우리 회사에 대해 좋은 이미지를 갖기를 바랐다. 남산 투어를 가서 같이 사진 찍고 시간대를 맞춰 예약한 레스토랑에서 저녁 식사를 같이했다. 레스토랑에서 8시에 불이 꺼지고 촛불이 켜지자 너무 좋아하던 그들의 모습이 아직도 잊히지 않는다.

분명했다. 나는 사람들과 함께하는 일을 재미있어하는 사람이었다. 무언가를 새롭게 기획하는 일이 적성에 맞는 사람이었다. 그렇지만 회사에서는 내가 원하는 일만 할 수 없었다. 감사하게도 당시 우리 팀의 팀장님은 내 성향을 알아봐 주시고, 내가 잘하는 일을 더 할 수 있도록 해주셨다. 하지만 그 이후로도 나와는 맞지 않지만 해야만 하는 일은 줄어들지 않았다.

방향을 틀어야겠다고 생각한 시점이 이때쯤이었다. '10년 후 내 모습을 떠올렸을 때 바라는 내 모습이 지금 여기에 있는 모습일까?' 이 질문에 내 대답은 명확하게 No였다. '그럼 어떻게 해야 하지?' 돈도 벌어야 하는데 무작정 이 길이 아니라고 회사를 그만둘 수는 없었다. '그래, 우선 내 강점을 찾아보자.' 이렇게 생각하고 강점노트를 만들었던 것도 이때쯤이었다. 그리고 이 노트에는 '현채인 워크숍'을 기획한 게 즐거웠던 일로 기록되어 있다.

또 한 번 뿌듯했던 기억이 있다. 바로 입사해서 꼭 따야만 하는 GB 그린벨트 과정에서의 일이다. 이것을 따기 위해서는 무엇이라도 하나의 문제를 개선해야만 한다. 그때 나는 물류회사 국제업무팀의 막내였고, 매번 '전도금'이라는 이름의 큰돈을 이체하는 업무를 하고 있었다. 선배들은 일하고 있는 내게 수시로 와서 전도금을 보내달라고 말했다. 나는 그 전도금

이 뭔지도 모른 채 송금을 해줘야 해서 본연의 업무는 집중해서 하지 못할 때가 많았다. 지금 생각해도 참 효율성 떨어지는 일이었다.

그린벨트를 따기 위한 프로젝트를 구상할 때 이 점을 떠올렸다. 수기로 하는 전도금 장부를 회사 시스템 내에 넣겠다고 생각한 것이다. 선배들은 굳이 내 자리로 와서 수기 장부를 작성할 필요도 없고, 하루에 한 번 시간을 정해서 나간다고 공지를 해놓음으로써 내 시간을 방해받지 않아도 되었다. 그리고 큰돈이 나가는 내역을 월말마다 다시 수고롭게 일괄 입력해야 하는 비효율성도 없앨 수 있었다.

이런 일련의 과정에서 회사의 IT 부서와 조율하고 협력했다. 회사의 시스템에는 전도금 항목이 생겨났고, 이 과정과 결과를 부서의 팀장님들 앞에서 프레젠테이션했다. 내용도 좋지만 PT도 참 잘한다는 좋은 평가를 들었다. '나도 잘하는 게 있구나!' 안도했던 기억이 난다.

누구나 잘하는 일, 못 하는 일이 분명히 있다. 지금 하는 일이 반반이라면 조금씩 전자의 비중을 높여 나가면 된다. 자신의 가치가 점차 반짝반짝 빛날 수 있도록 말이다.

새로운 '나'를 발견하기

나의 회사 생활은 이처럼 늘 불만족투성이였을까? 아니다. 회사를 나처럼 밝고 즐겁게 다니는 사람도 드물었다. 사람들을 좋아해 회식 자리도 자주 갔고, 내 일 처리는 무슨 일이 있어도 책임지고 해냈다. 나를 키워주다시피 한 외할머니가 돌아가시고 장례식장에 3일을 있어야 할 때도 내가 맡은 일에 작은 문제가 생겼다는 말에 회사에 출근해 눈물을 흘리며 일했던 적도 있다.

새침하게 생긴 여자애가 멋을 내고 다닌다며 눈엣가시처럼 여겼던 선배들도 점차 나의 단순한 성격을 알게 되자 나에 대한 오해를 풀었다. 마음에 없는 빈말은 절대 못 하지만 없는 말은 하지 않고, 앞에서 못 할 말은 뒤에서도 하지 않는 성격인 것을 모두가 알게 되면서 회사 생활도 편해져 갔다. (그래서 나는 지금도 진심은 통한다는 것을 믿는다.)

여러 부서의 성격 좋은 분들과 교류할 수 있는 기회가 가끔 있었는데 어느 날 유독 성격 좋은 기획팀 과장님께서 이런 제안을 했다. "우리 회사에서 매년 하는 베스트 퍼포먼스 발표대회가 있는데 그 행사의 사회를 봐줬으면 좋겠는데…?" 전년도에 사회를 봤던 모 대리가 임신을 했다며 부탁을 했다. 할까말까 고민했었는지 기억이 나지 않지만, 믿고 부탁한 만큼 잘 준비해서 무조건 잘해야겠다고 생각했던 기억은 난다.

사실 이 행사는 우리 회사의 CEO부터 다른 계열사의 임원진들도 참석하는 매우 큰 행사였다. 그 행사의 사회를 맡은 나는 다른 남직원과 함께 2MC로 진행을 했다. 그렇게 행사가 끝나고 뒤풀이에 갔는데 반응이 당황스러울 정도로 뜨거웠다. 평소에는 말 한 번 해보지 못할 정도로 높으신 임원들이 나를 찾았다. "어쩜 이렇게 진행을 잘해요? 아나운서 지망생이었나? 아나운서를 해도 정말 잘하겠어!" 어안이 벙벙했다. 최선을 다해 준비하긴 했지만 이 정도로(다들 놀랄 정도로) 잘했는지는 몰랐다. 사람들의 반응을 보고 생각했다. '내가 말하기를 잘하는구나.' 그리고 이것도 어김없이 나의 강점노트에 적었다.

그렇게 강점노트에 쌓여가는 내용들은 주로 이런 것들이었다.

- 비효율적인 면을 개선하는 것을 좋아한다.
- 사람들 앞에서 말하기를 잘한다.
- 내가 말하면 왠지 그렇게 해야 할 것 같은 느낌이 든다고 한다. 설득력이 있다는 말이다.
- 사람들과 어울리고 교류하는 것을 좋아한다.

이렇게 강점노트에 적는 내용들이 쌓일수록 점점 나라는 사람의 색이 뚜렷해지기 시작했다.

인간으로 태어난 이상 혼자서 살아갈 수는 없다. 아무리 혼자 하는 일을 한다고 해도 모든 면에서 혼자일 수는 없는 법이다. 그래서 우리는 어떠한 집단에 소속되어 일하게 되는데, 만약 그 안에서의 자신이 자꾸 자신을 자책하게 된다면 자신이 잘못된 게 아니라 미운오리새끼일 수도 있다는 생각을 해보기 바란다. 물론 그런 생각이 들었다고 해서 바로 그 집단에서 나오는 오류를 범해선 안 된다. (생계가 연계되어 있다면 더욱 그렇다.) 자신의 방향을 찾아야 하고, 잘하는 것과 좋아하는 것이 무엇인지 알아가는 노력을 해야 한다. 그리고 기회가 왔다 싶으면 도전하기를 주저하지 않아야 한다.

내가 만약 강점노트를 쓰며 내가 잘하는 것 찾기에 노력하고 있었을 때가 아니었다면, 저렇게 사람들이 나를 보고 진행을 잘한다고 했어도 그냥 흘려보냈을 것이다. 그런데 난 그때 나의 방향을 열심히 찾고 있었다. 그래서 그런 말들을 놓치지 않고 '나의 타고난 강점이 아닐까?' 생각하며 앞으로 한 발을 내디딜 수 있었다.

꿈은
자신과의 싸움

드디어 찾은 내 꿈

강점노트를 채워가면서 느낀 것은 내게 특별한 점이 있다는 사실이다. 대학생 시절 팀 과제 발표를 할 때 똑같은 상황이라도 내가 하면 반응이 더 좋았고, 친구들은 이구동성으로 이렇게 말했다.

"네가 하는 말은 왠지 그렇게 해야 될 것 같다는 생각이 들어. 설득력 장난 아니야."

친구들의 이런 말을 떠올리며 이것저것 알아보고 있던 때한 친구가 불쑥 말한 '쇼호스트'라는 단어가 내 귀에 꽂혔다.

자기 친구가 쇼호스트를 준비한다나 뭐라나 하는 이야기였는데 '쇼호스트'라는 단어를 듣고 나서의 그 뒷이야기는 잘 기억나지 않는다. 나는 바로 쇼호스트를 검색했고, 쇼호스트 아카데미에 오디션을 보고 합격해야만 들어갈 수 있다는 걸 알았다. 뒤도 돌아보지 않고 바로 오디션을 신청했다.

아나운서처럼 정해진 문구를 읽는 것은 재미없었지만, 무언가 목적(판매)을 가진 채 대본을 스스로 작성하고 눈에 보이는 성과를 내야 하는 쇼호스트는 흥미로웠다.

오디션을 치르며 느꼈던 아주 중요한 사실이 하나 있다. 사실 나는 내 중저음 목소리가 콤플렉스였다. 목소리 톤이 낮아서 남자 목소리 같다고 생각했고, 얼굴은 예쁘지는 않지만 내가 원하는 일을 하는 데 방해가 될 정도는 아니라고 생각했다. 그런데 오디션이 끝나고 아카데미 원장님의 피드백은 정반대였다. 목소리는 중저음이라 신뢰를 줄 수 있어서 참 좋은데, 얼굴 표정이 호감형(아마도 웃는 상)이 아니라서 노력이 필요할 것 같다는 거였다. 내가 무엇을 하며 살고 싶은지에 따라 내가 가진 것이 장점이 될 수도 있었고 단점이 될 수도 있었다.

그렇게 오디션을 거쳐 주말반에 등록했다. 당시 300만 원에 가깝던 금액은 월급을 훌쩍 뛰어넘는 큰돈이었지만, 그래도 내가 번 돈으로 투자할 수 있어서 다행이었다. 평일은 회사에서, 주말은 아카데미에서 열심히 일하고 공부했다.

동기들과 함께하는 첫 수업에서 PT(상품을 판매하는 프레젠테이션 연습)가 있었다. 나는 내가 직접 산 가방으로 PT를 했는데, 이때의 기억을 동기들은 한결같이 이렇게 말했다.

"저 사람 어디에서 이 일 하다 온 것 아냐?"

그도 그럴 것이 나는 가방 하나, 양말 하나를 사는 데도 유사한 매장이나 브랜드를 찾아 최소 다섯 군데는 발품을 팔고 비교해본다. 최적의 상품을 구입하기 위해서다. 이런 제품에 대한 애정이 그대로 나의 PT에 드러났던 모양이다.

아카데미에서도 주기적으로 테스트를 본다. 수많은 지원자 사이에서 잘하는 사람을 가려내기 위함이다. 완벽하게 연습해서 준비한 PT로는 늘 상위권에 들었다. 아카데미 내에서 가장 잘하는 우등생 8명 중에 뽑혀 원장님의 직강을 몇 주간 듣기도 했고, 한국경제신문사에서 주최한 쇼호스트 경진 대회에서 2등을 해 상을 받기도 했다.

그런데 한가지, 내가 갖추지 못한 것이 있었다. 바로 내 얼굴이다. '말을 아무리 잘하면 뭐 하나, TV로 내 얼굴을 보면 채널을 바로 돌려버릴 텐데.'

내 어렸을 때 사진들을 보면 하나같이 울상이다. 입술이 얇고 양 끝이 아래로 한없이 처져서 그렇게 보였다. 그런데 쇼호스트라는 직업의 특성을 살펴보면, 첫 번째로 중요한 항목이 '호감형 이미지'다. 사람들이 채널을 돌리는 행위(이것을 재핑이라고 한다)를 하다가 '○○ 홈쇼핑'에서 시선이 멈추며 자연스럽게 물건에 대한 설명을 들어야 한다. 그리고 리모컨을 멈춘 거기서 매출이 발생한다. 가장 중요하다는 '호감형 이미지'를 아쉽게도 나는 갖지 못했다. 27년을 살아오면서 단 한 번도 그게 나의 '고쳐야 할 점'이라고는 생각하지 못했다. 친근한 이미지가 아니어서 삶에 손해를 본 것이 있었을지는 몰라도 그것이 결정적인 단점이 될 줄은 꿈에도 모르고 살았다.

나는 꼭 메인 5개 사 홈쇼핑의 쇼호스트가 되고 싶었다. 매주 아카데미 동기들과 스터디를 했는데 그 스터디에서 귀에 못이 박히도록 들은 피드백은 "다 좋은데 표정이 좀… 채널을 돌리고 싶은 인상이다"였다. 상처도 받고 속상하기도 했지만 어쩔 수 없었다. 꿈을 이루기 위해서는 노력하는 수밖에 달리 방법이 없었다. 매일 노력했다. 집에서 거울을 보며 인상 바꾸기에 돌입했고, 원래의 내 성격(웃기는 건 좋아하는)을 PT에 담으려고 노력했다. 연습할 때 쉬지 않고 계속하는 바람에 도중에 토한 적도 있었다. 정말이지 더 이상 열심히 하는 게 불가능할 정도로 매 순간 최선을 다했던 것 같다.

이 길이 아닌가?

그렇게 1년 반 정도가 지나면서 상처가 되었던 그 피드백은 차츰 줄어가기 시작했다. 이제 더 이상 얼굴이나 표정에 대한 피드백은 나오지 않았다. (이 과정도 지금 생각해보면 감격스럽기가 그지없다.) 그때쯤 아카데미에서 공식 오디션을 개최했다. 그 당시 새로 생긴 '홈앤쇼핑'이라는 홈쇼핑사의 전속 게스트 오디션이었다. 전체 지원자 중 3명을 선발했고, 나는 그중 한 명으로 발탁되었다.

전속 게스트 계약서를 쓰고 했던 첫 생방송에서 내가 판매해야 할 제품은 에몬스 가구의 침대였다. 이 제품만이 가진 장점을 찾아서 온갖 미사여구를 대본에 녹여내 생방송에 섰다. 생방송이라 떨려야 당연했지만 한 시간이 어떻게 지나갔는지 모를 정도로 떨릴 틈조차 없었다. 문제는 다음 제품에 있었다. 바로 핸드 마사지기를 판매하는 거였는데 진심을 담아 설득력 있는 방송을 하기엔 모든 게 부족했다. 진심도 부족했고 실력도 부족했다. 당연히 성과도 안 좋았다.

회의감이 들었다. 내 말에 설득력을 갖는 것은 그게 '진심'이었기 때문이지, 내가 유독 수려한 말솜씨를 갖고 있기 때문은 아니었다. 내가 실제로 좋아하고 추천하는 상품만 판매할 수 있는 상황이 아니었기 때문에 주어진 상품의 장점을 담은

PT에 내 진심을 담기엔 어려웠다. 쇼호스트로서 내가 판매하는 모든 상품에 설득력 있는 말하기를 하는 것은 무척 힘든 일임을 자각했다.

그리고 또 하나가 있었다. 나는 대학교 때 밴드 동아리, 프랑스어 연극배우 등을 하며 무대에 자주 섰다. 그 경험이 즐거웠기 때문에 무대 위에서 사람들의 관심을 받는 것을 좋아하는 사람인 줄 알았다. 그런데 생방송에 서면서 알게 되었다. 나는 무대 위에서 많은 사람의 시선을 받는 것을 좋아하는 사람이 아니었다. 일반 회사에 다닐 때는 꾸미고 다닌다고 혼날 정도로 자기 관리에도 관심이 많았지만, 그건 그저 내가 하고 싶어서였다. 직업의 특성상 외모를 중요하게 생각하고 높은 기준으로 관리해야 하는 상황은 나를 힘들게 했다. TV 화면은 실제보다 1.5배 뚱뚱하게 나온다고 해 체중을 47~48킬로그램으로 유지했다. 하지만 모델 같은 동기들이나 선배들에 비하면 여전히 부족했다.

결국 실력 부족으로 5대 메인 홈쇼핑사의 쇼호스트가 되지 못했다. 그래도 게스트로서 생방송 무대에 서보기도 했고, 갖고 있던 꿈을 구체적으로 경험했다는 점에서 후회는 없었다. 특히 나도 몰랐던 나의 호불호를 알게 된 점이 좋았다. 어쨌든 결과론적으로 드디어 꿈을 찾았다며 좋아했던 일은 직접 경험해보니 원하는 일의 모습이 아니었다.

현재 나는 쇼호스트와 관련된 어떠한 직업도 가지고 있지 않다. 그렇다면 이 경험은 헛된 것이었을까? 이 글을 읽는 분들이 예상하듯, 그렇지 않다. 지금의 나를 만드는 데, 내가 좋아하는 이 일을 하는 데 정말 큰 도움이 되었다. 가장 힘들었던 시기로 기억하지만, 동기들로부터 신랄한 피드백을 받았던 내 '인상'에 관한 개선 노력은 그 직업을 갖고자 노력하지 않았더라면 절대 인지하지 못했을 것이다. 그리고 당연히 개선할 수도 없었을 것이다. 물론 지금처럼 수많은 기업 클라이언트를 만나 그들의 호감과 신뢰를 얻는 데 잘 활용(?)할 수도 없었을 것이다.

전문 기관의 냉정한 평가

내가 이 일을 하고 싶다는 생각이 들었을 때 다음 단계는 하나였다. 이 분야의 전문 기관으로부터 평가를 받아볼 것. 내가 잘할 것 같다는 느낌과 냉정한 그 세계의 잣대는 또 다르다고 생각했기 때문이다.

그래서 회사를 다니며 주말에 공부하던 무렵 나는 계속 시간을 내 여러 방송의 오디션을 봤다. 당시 케이블 TV의 리포터, MC, 아나운서 등에 지원해서 오디션을 봤던 것이다. 그리고 감사하게도 면접을 보고 탈락한 곳은 한 곳도 없었다. 그때 어느 정도 확신이 들었고, '객관적으로 이 분야에서 잘할 수 있다는 검증을 받았으니 제대로 발을 한번 옮겨보자' 그렇게 결심했던 것 같다.

만약 누군가 나에게 조언을 구해오면, 관련 오디션 등 테스트에 도전해 실력을 객관적으로 검증 받아보는 걸 권하고 싶다. '꿈'을 좇는 것은 자유지만 그 '꿈'으로 돈을 벌고 사는 것은 전혀 다른 이야기이기 때문이다.

'새로운 길에 들어설 때는 시간과 돈을 명확하게 계획하자!'

이러한 원칙에 따라 나는 퇴사를 결정했다. 이때 회사 사람들의 반응은 놀랄 노였다. 매일 즐겁게 회사를 다니던 사람이 갑자기 퇴사한다고 하니 놀랄 만도 했다. 사실 나는 "회사 다니기 싫어. 퇴사할 거야"이런 말을 하며 계속 회사에 다니는 사람들이 제일 이해가 되지 않았다. 다닐 거면 즐겁게 다니고, 안 다닐 거면 불평불만 대신 그만두고 다른 길로 가는 것이 맞다고 생각했기 때문이다.

새로운 꿈에 대한 확신은 들었지만, 돈을 벌지 않고 여유롭게 다음 일을 찾을 수 있는 상황은 또 아니었다. 그래서 내린 기준이 월 100만 원이었다. 새로운 도전을 하며 월 100만 원 정도만 벌 수 있으면 그걸로 충분했다. 새로운 분야에 도전하며 처음부터 많은 돈을 벌겠다는 욕심 같은 건 1도 없었다. 부모님께 손 벌릴 정도만 아니라면 충분히 이겨낼 자신이 있었다.

나의 인터뷰 영상들을 보고 많은 20대 친구들이 댓글을 달거나 DM을 보내온다. '하고 싶은 일에 도전하고 싶은데 해도 될까요?' 같은 질문이 대다수인데 많은 변수를 내포하고 있어 선뜻 답하기가 어렵다. 만약 나 또한 집에 여유가 있어 반년 정도는 하고 싶은 것들을 마음껏 하며 꿈을 찾을 수 있었다면 다른 도전을 했을 수도 있다. 하지만 그렇지 않은 상황이었기에 현실과 꿈의 교집합을 찾아 월 100만 원이라는 나름의 기준을 정했던 것이다. 시간도 마찬가지다. 내가 월급을 받으며 모아놓은 돈과 퇴직금은 아무 벌이도 없을 경우 몇 개월 안에 소진되는 금액이다. 그래서 기한을 정한 것이다. 하지만 그보다 더 큰 이유는 따로 있었다. 사람의 욕심은 끝이 없어서 계속 도전하면 될 것 같은 기분으로 시간이 흘러도 맹목적으로 반복해서 그 목표를 좇게 될까 스스로 두려워서였다.

새로운 길에 도전하고 싶다면 객관적인 평가를 받아 가능성을 점검해야 한다. 그러고 나서 현실적으로 꿈에 다가갈 수 있는 자신만의 기준과 기한을 정하는 것이 필요하다.

다시 태어나고 싶었다

지금으로부터 무려 10년 전 이야기를 하다 보니 마치 그때부터 모든 걸 알고 '참고 견디면 이뤄지리라' 같은 마음으로 역경을 헤쳐온 것 같지만, 전혀 그렇지 않다. 당시 매일 했던 생각이 안타깝게도 '다시 태어나고 싶다'였다. 이번 생은 망한 것 같았기 때문이다.

친구들과 같은 시기에 회사에 입사해 친구들은 2년 뒤 대리를 달고 4~5년 뒤엔 과장을 달았지만, 나는 새로운 분야에 도전한답시고 다시 신입 사원이 되었다. 신입 사원이라도 계속했으면 그나마 다행이겠지만 인턴 조금 하다가 또 탈락해 백수가 되어버렸다. 기껏 꿈을 찾은 것 같다고 퇴사를 하고 나왔지만, 그리고 최선을 다했지만 가까이서 보니 내 꿈이 아니었다.

어찌 됐든 난 꿈을 이루지 못한 인생의 실패자였다. 특히 서른이라는 나이는 큰 압박으로 다가왔다. 20대에 꿈꾸던 나의 서른은 이렇게 방황하고 있는 모습이 아니었다. 서른 살에는 어떤 한 분야에서 완벽히 자리를 잡고 있을 줄 알았고, 크고 작은 동요 없이 안정된 마음으로 평온하게 살고 있을 줄 알았다. 더 나아가 서른 살에는 하나의 직군에서 몇 년간 쌓은 전문성으로 선배 대우를 받으며 인생을 즐기고 있을 줄 알았다. 하지만 나의 서른은 어느 것 하나 제대로 된 게 없는 그야말로

빈털터리에 불과했다.

여러 방송사에서 리포터, 아나운서 등의 경력을 쌓고 홈쇼핑사의 전속 게스트로 방송을 했지만 부족한 실력 때문에 방송 횟수는 점점 줄어갔다. 같이 합격한 동기들과 비교해도 외모부터 현저히 차이가 났다. '뭐 하나 잘하는 게 없네.' 내가 이 시절 늘 마음속에 품고 다녔던 생각이다. 그리고 이것보다 더 마음 아팠던 건 '내일 일어나서 할 일이 없다는 것'이었다. 〈무한도전〉에서 유재석 님이 이적 님과 부른 노래 가사에 이런 내용이 있는데, 그 마음을 누구보다 잘 알기에 그 노래를 들으면 그때의 막막한 감정이 울컥 올라온다.

일주일에 딱 한 번 있는 생방송을 위해 남은 6일을 토할 정도로 열심히 연습했지만 1회 방송(60분)에 받는 급여는 15만 원이었다. 한 달에 4번 방송이 있으면 60만 원, 3.3% 떼고 58만 원 정도가 되었다. 이 정도의 금액으로는 방송하기 위해 필요한 화장품이나 옷가지 등을 사는 것조차 힘들었다.

그런데 통장에 돈이 없는 것보다 더 슬픈 건, 앞에서 말했듯 일어나도 '할 일'이 없다는 거였다. 아침에 일어나 봤자 아무 할 일이 없기에 잠을 늦게 자기 시작했다. 그렇게 새벽 3시, 4시, 5시… 점점 밤낮이 바뀌었지만, 눈을 떴는데 오후 4시쯤이 되어 있으면 오히려 마음이 놓였다. '다행이다. 오늘 하루

도 얼마 안 남았구나.'

밤에는 매일 울었다. 너무 슬프고 속상한데 할 수 있는 일이 없어서 그냥 울었다. 내가 우는 걸 부모님이 들으면 속상해하실까 봐 다들 주무실 때 이불을 뒤집어쓰고 울었다. 울다가 울다가 더 이상 눈물이 안 나오면 슬픈 노래를 틀어놓고 일부러 더 울기도 했다. 그러면 힘든 마음이 조금은 씻겨 내려가는 것 같았다.

그래서 난 지금의 20대 친구들이 이런 고민을 하고 있거나, 이런 과정에 있는 걸 알면 그렇게 마음이 아플 수가 없다. 한 치 앞도 안 보이는 어둠 속에서 가야 할 방향을 잡지 못한 그 막막함을, 그 외롭고 힘듦을 잘 알기 때문이다.

내 경우엔 삶이 너무 힘들었을 때, 실패한 것 같았을 때 희망을 준 글귀가 있었다. 그리고 나에게 희망을 준 글귀는 늘 책에 있었다. 나는 정말 책에서 위로를 많이 받았다. 더 나아가 책은 나에게 방향을 정하는 지침서가 되어주기도 했다. 가장 큰 힘이 되고 견딜 수 있게 해줬던 글귀는 스티브 잡스의 명언이었다.

'Connecting the Dots'

삶에 점으로 이뤄진 경험들이 언젠가는 하나로 연결되어 선을 이룬다는 것이다. 인생에서 계속 잘못된 점만 찍는 것 같았던 나에게 이것들이 모두 나의 자산이 되어 하나의 선을 이룬다는 것을 알려줬다. 결국엔 나만이 가진 경쟁력이 될 수도 있다는 것을 깨닫게 해줬던 것이다. 그리고 지나고 보니 정말 그랬다!

나는 지금도 그렇지만, 특히 마음이 힘들 때나 방향을 못 잡겠을 때 책을 편다. 존경하는 사람들의 책에는 배울 점들이 가득하다. 인생 선배가 옆에서 필요할 때마다 조언을 해주듯 책 속의 어른들이 늘 힌트를 던져준다.

무조건적인 한 명

남들과 다른 길을 갈 때 힘든 이유는 외롭기 때문이다. 같이 의논할 사람도 없고, 앞서서 간 사람도 주변에 없으면 더 외롭다. 그리고 이 외로움은 급기야 두려움이 되기도 한다. 이 과정에서 나는 책으로만 위로를 받은 건 아니었다. 나에게는 엄청난 비밀 자산과도 같은 친구가 있었다.

대학교 때부터 친한 친구 2명과 지금도 나는 가끔 단톡방에서 시시콜콜한 얘기들로 밤 깊은 줄 모를 때가 있다. 대학교 시절, 옥탑방에서 같이 밥을 먹다가 벽에 세워뒀던 침대 매트리스가 엎어져 밥상을 덮쳤을 때도 우리는 같이 웃었다. 그냥 같이만 있어도 모든 상황이 즐거웠다. 나의 어떤 치부, 부족한 점을 보여줘도 아무 거리낌이 없는 진정한 친구들이다.

사실 하나둘 내가 도전하는 것들이 실패하기 시작했을 때 나는 활발히 참가하던 모임들에서 점차 숨기 시작했다. 자신이 없었다. 다들 자기 자리에서 몇 년 차 선배로 자리 잡은 지 오랜데, 계속 처음에서(그 당시 내 느낌으로는 '밑바닥에서'라는 표현이 더 맞을 것 같다) 허덕이는 내가 부끄러웠기 때문이다. 그런데 유일하게 그때도 솔직하게 이야기를 했던 곳이 이 둘이 있는 단톡방이었다. 내가 무슨 이야기를 하면 이들은 항상 최고의 리액션으로 감탄하며 칭찬해줬다. "도전한 게 대단한 거야! 대단해!" 이런 반응은 정말 한없이 작아져 있는 나에게 조금이나마 "그래, 괜찮아!"라고 스스로 말해줄 수 있는 힘이 되었다. 그들에게 십여 년 전 이런 말을 한 적이 있다.

"내가 만약 책을 쓴다면 너희들 얘기는 꼭 쓸 거야!"

인생에서 한 명쯤은 무조건적으로 자신을 지지해주는 사람이 있어야 묵묵히 해낼 수 있다는 걸 이 친구들을 통해 알았다.

작년에 나는 파티플래너 교육을 시작했는데 교육생 중 한 명이 나와의 일대일 상담 과정에서 펑펑 울었다. 난 그냥 진심으로 "○○ 님은 진짜 잘되실 거예요. 이렇게 하는 거 쉽지 않고, 너무 잘하고 있네요"라고 했을 뿐인데 펑펑 우는 것이었다. 그가 그렇게 서럽게 운 이유는 지금까지 아무도 그렇게 말해준 사람이 없어서였다.

우리는 각자의 이유와 의지를 가지고 자신만의 방향을 찾아간다. 이 과정에서 한 명이라도 믿고 지지해주는 사람이 있으면 큰 용기를 얻게 된다. 그리고 이 용기는 꿈을 이룰 수 있는 원동력이 된다. 무심코라도 가까운 사람이 "그렇게 해서 되겠어?"라고 해버리면 그 꿈이 무엇이든 꽃을 피우기도 전에 위축되기 쉽다. 그래서 나는 항상 내가 교육하는 교육생들에게 응원하는 존재가 되려고 노력한다.

느낌이 오면
무조건 올인

시골의 작은 카페 사장

여러모로 힘든 홈쇼핑사 전속 게스트를 하고 있을 때 갑자기 부모님께서 수원의 가장 구석진 어느 시골 동네에 작은 카페를 해보라고 권했다. 사업가적 기질이 강한 엄마는 "이 동네에 카페는 없는데 주위에 회사는 꽤 많아. 잘만 하면 괜찮을 거야" 하며 "계속 이 일을 하라는 게 아니라 이렇게 작게 경영을 해보는 것도 많은 도움이 되니까 그래!"라는 말을 덧붙였다. (지금 생각해도 엄마의 선견지명은 정말 탁월했다.)

그렇게 나는 시골 마을의 작은 카페 사장이 되었다. '카페

사장이 되는 게 꿈'이라는 사람들을 주변에서 어렵지 않게 만날 수 있다. 누군가는 커피를 사랑해서일 테고, 누군가는 카페가 편안한 노후 생활이라고 생각해서일 것이다. 하지만 나에게 이 일은 '공간'의 의미가 컸다. 쉬어갈 곳 없는 시골 동네에 사람들이 삼삼오오 모여 이야기를 나눌 수 있는 공간을 하나 만들면 좋겠다는 생각이었다. 그리고 그런 역할을 내가 한다면 기쁠 것 같았다. 그렇게 카페가 오픈되었다.

걸어오다 보면 소 한 마리 없는데도 소똥 냄새가 나는, 말그대로 전형적인 시골 동네였다. 이곳에 처음 생긴 카페는 사람들이 신기해하며 문을 열고 들어오기에 충분했다. 사람을 좋아하고 사람 상대하는 서비스직이 어렵지 않은 나는 늘 친절하게 손님들을 맞이했다. 새로운 메뉴도 만들고 수시로 이벤트도 기획했다.

가장 기억에 남는 이벤트는 카페 이름으로 이행시 짓기였다. 많은 단골손님이 참여해서 정말 재미있는 이행시가 많이 탄생했다. 그리고 난 카페를 정리하고 나서도 그 종이들을 버릴 수가 없어 우리 집 서랍 깊숙이 넣어놓고 있다. 지금도 가끔 꺼내 보곤 하는데 볼 때마다 감사한 마음이 올라와 미소를 짓는다.

좋은 사람을 상대하며 일을 하는 건 일의 고됨과 관계없이 즐겁다.

불특정 다수

재미있게 일했지만, 종종 속상한 일들도 일어났다. 이 일을 하기 전에 내가 하던 일은 방송이었다. 방송의 특성상 늘 예쁘게 외모를 꾸며야 했고, 리포터든 아나운서든 아무나 할 수 있는 일이 아니라는 인식이 있었다. 그래서 그런지 누군가한테 대놓고 무시당하는 일은 없었다. 학교를 다닐 때도 그렇고 회사를 다닐 때도 마찬가지였다. 어느 정도 나라는 사람이 속한 곳의 특성이 있고 나와 유사한 사람들을 상대하는 일이었으므로 그랬는지는 모르겠다. 어쨌든 세 번째 직업, 다시 말해 카페 사장을 선택할 때 내가 놓친 것이 있었다. 바로 상대하는 사람들이 '불특정 다수'라는 것이었다.

'불특정 다수!' 이 말이 지금도 나는 무섭게 들린다. 어떠한 공통점도 없는 아무나가 이 말이라고 생각하는데, 그만큼 세상엔 착한 사람들만 존재하지 않았다. 여러 직업을 경험한 지금의 내 생각에 이 불특정 다수를 상대하는 직업이 가장 힘들게 느껴진다.

나는 나와 관계없는 사람을 평가하는 것을 싫어하지만, 굳이 평가한다면 그 기준은 '자기 일에 자부심이 있는 사람이 멋진 사람'이라는 것이다. 그래서 항상 친절하게 맞이해주는 동네의 마을버스 기사님이 진심 멋있었다. 이렇듯 내 눈엔 어떤 일이든지 자기 일에 자부심을 가지고 임하는 사람들은 무조건 멋져 보였다.

어느 날이었다. 어떤 손님이 카페에 들어오자마자 메뉴를 좀 설명해달라고 했다. 친절하게도 10개가 넘는 메뉴를 열심히 설명하자 바로 "아이고, 잘도 외웠네. 그 머리로 학생 때 공부했으면 얼마나 좋았을까!"라는 말이 들려왔다. 뭔가로 세게 한 방 맞은 기분이었다. 어디서부터 어떻게 말을 해야 할지 몰라 아무 말도 못하고 그냥 멍하니 있었다. 그날 밤 충격이 가시지 않아 한참을 울었다. 울고 나서는 화가 나기 시작했다. '대체 나에 대해 뭘 안다고 이렇게 말을 무례하게 하는 것일까. 만약 내가 진짜로 학생 때 공부를 하고 싶어도 상황상 못했던 사람이었다면 얼마나 이 말이 비수로 꽂혔을까.' 내 상식으로는 도저히 이해가 되지 않는 무례함이었다.

이런 일이 한 번이었으면 좋았을 텐데 안타깝게도 자주 있었다. 이 일을 하는 데 있어 필요한 자격증이 있는 게 아니고 아무나 할 수 있는 일이라고 생각해서 그런지 '너는 그냥 아무나'라고 단정을 지어버리는 듯했다. 그리고 심지어 그런 전제하에 사람을 대놓고 무시하는 사람들이 많았다. 그것도 아주 자연스러웠다.

한번은 카페 바로 앞에 있는 회사의 직원이 내가 잠시 밥을 먹으러 간 사이 전화를 했다. 허겁지겁 달려와 음료를 만들고 있는 내 등 뒤에서 들으라는 듯 말했다. "학교 다닐 때 공부 열심히 했으면 밥은 편하게 드셨을 텐데." 너무 기가 차서 얼굴만 벌게진 채 그 자리에서 몸이 굳어 한 발자국도 움직이지 못했다. 이 이야기를 들은 부모님은 "당장 이 일을 그만하는 게 좋겠다"고 하셨다. 얼마나 속상했으면 그러셨을까.

나로서는 이해하고 싶어도 이해할 수 없는 일이었다. 그렇게도 자연스럽게 무례한 표현을 할 수 있다는 것이 신기할 정도였다. 아마 이런저런 가게 등을 운영하는 분들 중에선 "뭐 고작 그 정도 일을 가지고 그래?" 하는 분들도 있을 것이다. 어쨌든 난 직업을 선택하는 이들에게, 혹은 인생의 방향을 고민하는 이들에게 중요한 직업 선택의 기준으로 '이 직업을 가졌을 때 내가 상대하는 대상이 누구인지'를 고려하라고 조언하고 싶다.

직업을 선택할 때

사람마다 성향이 다르고 힘들어하는 부분도 다르다. 나는 한때 카운슬러가 나한테 잘 맞는 직업인 줄 알았다. 그런데 어느 날 깨달았다. 나는 힘든 사람의 이야기를 들으면 두 배는 더 힘들어하는 사람이라는 것을. 그래서 난 즐거운 사람들을 상대하는 일을 해야겠다고 생각했다.

내가 주관적으로 제일 힘들 것 같다고 생각하는 직업은 간호사다. 직업이 직업인 만큼 늘 아프거나 어딘가 불편한 사람들을 상대한다. 사람은 아플 때 예민해질 수밖에 없는데 매일 그들을 상대한다니, 생각만 해도 힘들 것 같기 때문이다. (물론 이 부분은 사람마다 느끼는 점이 다르다. 내 개인적으론 그렇다는 것이다. 오해 없기 바란다.)

나는 개인적으로 파티플래너라는 직업에 만족도가 높다. 그 이유 중 하나는 일로 만나는 사람들이 파티를 앞두고 비교적 즐겁고 설레는 기분이라는 점이다. 그리고 나는 즐거운 사람들을 만나면 더욱 즐거워지고 행복한 사람들을 만나면 두 배로 행복해지는 사람이기 때문이다.

직업을 선택할 때 얼마를 버는지보다 어쩌면 더 중요한 것이 어떤 사람들을 상대하느냐일 수도 있다는 생각이 든다.

내 결혼식을 내 손으로

나름 카페도 잘되고 삶이 좀 괜찮아질 무렵, 소개팅에서 결혼하고 싶은 사람을 만났다. 좋은 사람을 만나자 자연스럽게 결혼식을 준비해야 하는 시기가 다가왔다. 사실 나는 예전부터 꼭 원하는 결혼식의 모습이 있었다. '형식적인 결혼식 말고 파티 같은 소규모 웨딩'이 그것이었다.

엄마는 늘 "결혼식은 보통 그냥 인사치레로 가는 경우가 많은데, 네 결혼식에는 진심으로 너를 축하해줄 사람들만 모여서 작게 했으면 좋겠다"고 하셨다. 나 또한 내가 좋아하는 야외 잔디밭에서 작은 파티 같은 웨딩을 하고 싶었다.

내 마음이 그렇더라도 보통은 신랑이나 양가 부모님이 허락해주지 않으면 그런 결혼식은 현실적으로 불가능하다. 그런데 양가 상견례 자리에서 이런 이야기를 우리 엄마가 아닌 시아버지께서 먼저 하셨다. 시아버지께서 "애들 결혼식을 양가 부모의 지인들이 와서 하는 것 말고, 애들의 친구들만 오는 형태로 하는 게 어떠신지…?" 이렇게 넌지시 물으셨고, 우리 엄마는 늘 그런 결혼식을 하라고 권했다며 환영했다. 그렇게 우리 결혼식은 일사천리로 진행되었다. (지금 생각해보면 40년 이상 회사에 다니고 계셨던 시아버지께서 이런 결정을 하신 것은 정말 감사한 일이다.)

결혼식을 해본 사람이면 알겠지만, 결혼식은 정말 준비할 게 한두 가지가 아닌 큰 행사다. '스드메'부터 결혼식 장소, 식순, 축가 등 정말 하나하나 준비하는 게 보통 일이 아니다. 나는 웨딩 플래너도 스케줄만 챙겨주는 형태로 계약했고, 결혼식장으로는 가평에 야외 잔디밭에서 식을 할 수 있는 곳을 발품을 팔아 예약했다. 윤슬이 너무 예쁜 북한강 바로 앞의 잔디밭에 도착했을 때 그곳에서 펼쳐질 나의 웨딩 파티가 떠오르며 행복감이 밀려왔다. 그리고 그 장소를 예약한 12월부터 다음 해 5월까지 나는 하나둘 나만의 웨딩 파티를 준비하기 시작했다.

본투비 파티플래너?

드레스부터 식순 하나하나까지 모든 과정을 일일이 비교하고 분석하며 결정했다. 그리고 그런 과정을 엑셀에 담아 표로 정리했더니 엑셀 파일의 시트sheet가 10개가 넘었다. 신기한 건 이 과정이 하나도 힘들지 않았다는 사실이다. 보통은 결혼 준비 과정에서 예비 신랑이 안 도와주면 서운하고 짜증이 나 서로 다투기도 한다는데 나는 상대방의 의견만 묻고 내가 정리하고 결정하는 방식이 훨씬 좋았다. 그렇게 이 특이한 예비 신부는 원하고 원했던 파티를 기획하기 시작했다.

순서를 어떻게 할까 고민하다 부모님과 가족들이 함께하는 1부, 친구들과 즐겁게 게임하고 노는 2부로 나누는 게 좋겠다는 생각이 들었다. 그래서 청첩장의 한 면에 식순을 간략히 적었다.

1부_ Wedding Celebration
2부_ After PArty

심지어 드레스 코드도 정해줬다.

Dress Code_ Pastel & Vintage

드레스 코드는 우리의 웨딩 파티 공간과 콘셉트에 어울리는 룩이라고 생각해서 그렇게 정했다. 그러고는 시간대별 계획을 짜기 시작했다. 2부에서는 신랑 신부 둘이서 먼 길 와주신 분들을 위해 즐거움을 드리고 싶었다. 비록 음치지만, 신랑과 같이 부를 듀엣 노래를 정하고는 노래방에 수시로 가서 연습했다. 준비하는 과정에서 중간중간 가사 개사도 하면서 재미있게 놀았다. 그리고 칵테일을 마시며 친구들끼리 간단한 게임을 하고 싶어서 '몸으로 말해요' 게임을 준비했다. 스케치북에 정답을 적어 준비하고 이긴 팀에게 줄 상품도 하나하나 골라서 진심을 담아 포장했다.
이 과정이 힘들었을까? 전혀 그렇지 않았다. 정말 재미있었고 설렜다.

　재미있는 과정은 또 있었다. 비어 있는 공간을 파티 공간으로 기획하고 연출하는 것이었는데, 우선 넓은 잔디밭 공간을 스폿별로 나눴다. 주차장에서 입구로 들어오는 길에는 입구 안내 보드를 세웠고, 식장으로 들어가는 초대형 아치 대문에는 우리가 찍었던 재미있는 콘셉트의 사진으로 대형 현수막을 만들어서 환영했다. 그렇게 입장하고 나면 양쪽으로 부모님의 연애 시절부터 결혼식, 우리를 낳고 키워온 모습들이 시간순으로 가랜드에 걸려 있게 했다. 사실 이건 내가 꼭 넣고 싶은 연출이었다. 이 순간을 위해 수십 개의 양가 부모님 사진첩을 뒤져 순서대로 사진 뒤에 넘버링을 하고 입구부터 쭉 걸었다.

　또 우리의 장소가 서울에서 조금 먼 가평이라 멀리서 오신 분들이 재미있게 즐길 만한 이벤트를 곳곳에 넣고 싶었다. 나는 기존에 있던 조형물을 활용해 각각의 스폿 이벤트를 기획했다. 폴라로이드를 준비해서 오늘의 추억을 담아갈 수 있게 했고, 신랑 신부를 축하하는 메시지를 남길 수 있는 메시지 카드 존도 구성했다. (생각할수록 지금 내가 하는 파티 기획 일과 똑같다!) 노력 덕분에 우리를 축하해주러 오신 분들은 새로운 파티 형태의 결혼식에 푹 빠진 듯 보였다. 그렇게 모든 건 내가 기획한 대로 흘러갔다.

사실 이 과정만 재미있고 그 이후가 없었다면 그냥 '재미있었다'로 끝났을 것이다. 내가 만든 파티에서 사람들이 즐거워하는 모습을 보니 이루 말할 수 없는 행복감이 밀려왔다. 예비 신부임에도 하루 수십 통의 전화를 통해 업체들과 조율하고, 발품을 팔아 알아보러 다니는 게 재미있었다. 심지어는 결혼식 당일에 웨딩드레스를 입고 사다리에 올라가 있기도 했다. (마음에 들지 않게 연출되어 있어서였다.)

이런 일련의 과정과 결과가 주는 행복과 짜릿함은 결혼식이 끝나고도 한동안 오롯이 남아 있었다. 내 결혼식을 내가 기획한 것은 말 그대로 엄청난 '희열'이었다. '이런 일을 직업으로 삼을 순 없을까?' 늘 직업에 대해 고민하고 내게 어울리는 방향을 찾아오던 차에 결혼식을 계기로 이런 생각이 들었던 것이다. '파티를 기획하는 일을 실제 일로 하는 직업이 있을까?' 정확히는 몰랐지만, 그토록 즐거운 일을 실제 일로 하고 싶다는 마음이 강하게 들었다. 나는 직업 구인 구직 사이트에 알림 키워드를 설정해놓았다.

'파티 기획', '이벤트 기획'

여기서 내가 말하고 싶은 것은 '강렬하게 즐거웠다면 적극적으로 집착해보자'다. 만약 어떤 경험을 했는데 그 경험이 도저히 잊을 수 없을 만큼 즐겁고 행복했다면 절대 그냥 흘려보내지 말자는 것이다. 내가 만약 즐거웠다는 것에 만족하고 흘려보냈다면 지금의 나는 없었을 것이다.

결혼식을 결혼 당사자 자신이 직접 1부터 10까지 모두 준비하는 것. 이건 누군가에게는 굉장히 힘든 일일 것이다. 그런데 나는 마냥 즐겁고 설레기만 했다. 이렇듯 누군가에게는 힘든 일이 누군가에게는 힘들기는커녕 즐거운 일이 되기도 한다. 따라서 만약 다른 사람들이 "너 힘들지 않아? 나 같으면 절대 못 해"라고 말하는 무언가가 자신에겐 즐거움이었다면, 어쩌면 그것이 당신의 '천직'일 수도 있다.

'꿈'에 한 발짝 다가가기

그렇게 알람을 걸어놓고 나서 며칠 후, 그날도 어김없이 카페에서 일을 하고 있는데 알람이 울렸다. 내가 적어놓은 키워드에 부합한 '교육 설명회' 공지였는데 이름하여 '파티플래너 무료 설명회'였다. 무료로 이 직업에 대해 설명을 해준다니!

'파티플래너? 이 직업이 내가 지금 하고 싶어 하는 그 일을 하는 직업이 맞을까?'

난 무엇보다 그걸 알고 싶었다. 그렇기에 내가 가지 않을 이유가 없었다. 무엇보다 파티플래너라는 직업이 있다는 것에 매우 흥분이 되었다. 비록 내가 그것이 될 수 있을지 없을지는 모르겠지만 내가 딱 원하는 그런 직업이 존재한다는 것만으로도 기뻤다.

그렇게 무료 설명회에 가서 직업에 대한 설명을 듣고 있는 내내 심장이 뛰었다. 미친 듯이 두근거렸다고 하는 표현이 맞을 것 같다. 어쨌든 파티플래너는 내가 그토록 찾아 헤맨 직업이 틀림없어 보였다. 그리고 왠지 내가 잘할 수 있는 일일 것만 같았다. 여러 개의 직업을 경험하며 '내가 좋아하는 일'과 '내가 잘하는 일'의 교집합을 찾고 있었다. 설명을 들으면 들을수록 이 직업이 그런 직업일 것만 같아서 말할 수 없이 설레고 흥분이 되었다. 그때가 신혼 초였다. 신랑에게 100만 원의 거금을 투자해달라고 통보했다. (부탁이 아닌 통보였던 이유는 확신에 차서 이걸 해주지 않는다는 것은 선택지에 없었기 때문이다.) 그렇게 15주간의 수업을 들었다.

그 협회에서 파티플래너 교육을 하던 강사는 그 당시 꿈을 꾸던 나에게 이 길을 먼저 걸어간 선배 같았다. 나도 열심히 해서 그 강사처럼 멋진 파티플래너로 성장하고 싶었다. 수업도 열심히 들었고, 벽찰 정도로 많은 과제도 정말 빈틈없이 준비했다. 내 인생에서 한 번도 열심히 하지 않은 적은 없었지만, 이때는 차원이 다르게 열심히 했다.

카페에서 바쁜 점심시간이 끝나면 파티를 검색하며 기획안을 만들었다. 그렇게 5일 동안 과제 준비를 하며 얼른 수업 날인 월요일이 되길 기다렸다. 과제를 발표할 생각에 설렜기 때문이다. 과제를 발표한 후 좋은 평가를 들어도 좋았고, 고쳐야 할 점을 들어도 새롭게 알게 된 점들이 있어서 좋았다. 어떤 피드백이든 온전히 받아들일 수 있어야 내가 성장할 수 있다고 생각해 매주 수업을 듣는 과정에 최선을 다했다.

또다시, 세 번째 지망생

무언가가 되고 싶은 열망이 가득한 '○○ 지망생' 기간은 어디에도 소속되지 않은 불안감과 새로운 '꿈'을 꾼다는 설렘이 공존하는 시간이다. 지금은 보잘것없어도 끝은 창대하리라는 희망을 품고 자기 자신과의 싸움을 시작하는 시기랄까.

그렇게 열심히 수업을 듣고 과제를 했는데 왜 난 여전히 파티플래너가 아니냐고 누구도 원망할 수 없었다. 그때 나는 벌써 세 번째 '지망생'이 된 서른세 살이었고, 이미 내 주변의 서른세 살의 모습과는 점점 멀어지고 있었다. 말 그대로 난 절박했다.

수업 첫날, 자기소개 시간에 알게 된 동료들은 이제 막 성인이 된 스무 살의 앳된 청년부터 조경회사를 운영 중인 40대

여성 대표까지 정말 가지각색이었다. 대학교는 비슷한 수능 점수를 가진 사람들이 모여 있었고 회사는 회사에서 원하는 인재 기준을 가진 사람들이 모여 있었다면, 이 강의실 안에는 '파티플래너'라는 꿈을 가진 사람들로 채워져 있었다. 그래서 일까. 친구들 앞에선 자꾸 작아지고 부끄러웠던 내 모습도 여기서는 꿈에 대한 열정을 가진 '멋진' 사람으로 변신해 있었다. 스스로를 바라보는 마음에 애정이 생기기 시작했다.

동료들과 같이 파티를 구상하고 실습 파티를 기획하면서 보낸 열정 넘치는 15주의 시간은 내 인생에서 손에 꼽을 만큼 신나는 날들이었다. 마음이 맞는 이들과 같은 꿈을 꾼다는 것만큼 즐겁고 신나는 일이 어디 또 있을까.

언제나 그렇듯 열정과 꿈을 가지고 새로운 강의를 듣는다는 건 무척 설레는 일이다. 쇼호스트 아카데미가 그랬고 캐나다 어학연수 중 처음 다녔던 학원이 그랬다.

강의를 듣는 동안 우리는 마치 축제협회 임원진이라도 된 듯 그동안 만들고 싶었던 파티나 우리나라 파티업계의 아쉬운 점 등에 대해 이야기했다. 그렇게 하다 보면 꼭 이 수업이 끝나는 15주 뒤에는 우리 모두가 한배를 타고 파티업계를 진두지휘하고 있을 것만 같은 착각에 빠지기도 했다.

아무도 데려다주지 않는다

15주가 흐르고 강의실 안에 처음의 열정을 그대로 품은 이는 몇 없었다. 처음의 들뜬 마음은 수업이 채 절반이 지나기도 전에 꺾여버렸다. 막상 수업을 들어보니 자신이 하고자 하는 것과 달라서, 자신이 이 일을 잘 못할 것 같아서 등의 이유로 풀이 꺾인 채 종강일을 맞이했다. 나 또한 예외는 아니었다.

마치 운명인 것 같았던 꿈은 수업 종강과 함께 멋진 '파티 플래너'가 되어 있는 모습으로 끝맺음을 할 줄 알았다. 그런데 종강을 하고도 마치 꿈에서 깬 듯 난 여전히 카페에서 앞치마를 두르고 음료를 만들거나 청소를 하고 있었다. 조경회사의 대표는 여전히 조경회사의 대표였고, 20대의 열정 넘치던 청년은 몇 개월 후 입대를 했다. 회사원 생활을 하며 밤새 회의를 함께하던 친구는 다시 회사원 생활을 이어갔고, 부산에서 왕복 기차를 타고 다니며 수업을 듣던 친구는 수업이 끝난 후 다시 자기가 있던 곳으로 돌아갔다.

'최선을 다하지 않아서 이럴까?' 돌이켜보았다. 일주일에 한 번 발표하는 과제를 위해 카페의 포스기 아래 좁은 협탁에 앉아 내가 할 수 있는 최선을 다했다. 월요일에는 구글에서 자료를 찾아 분석하고, 화요일에는 아이디어를 짜고, 수요일에는 기획안을 구성하고, 목요일에는 ppt를 만들고, 금요일에는 발표 연습을 하며 최종 수정을 했다. 그렇게 열심히 준비한 ppt에 대한 피드백을 듣고 싶은 마음에 주말보다 월요일이 기다려졌다. 내 기획안에 대한 지적을 받는 게 짜릿했기 때문이다. 그렇게 쏟아부은 15주였다. 후회하려고 해도 후회할 만한 건더기가 없었다.

토익 점수를 위한 영어학원이나 한자 자격증을 취득하는 학원 같은 어떤 구체적인 목표가 있는 과정에서는 대부분 목표 달성과 동시에 수업이 끝난다. 하지만 특정 직업이 되기 위한 수업에는 누구도 내 꿈을 '보장'하지 않는다. 쇼호스트 수업이 그랬고, 파티플래너 수업이 그랬다. 그저 이 수업에서 배운 것이 내 삶에 피가 되고 살이 되겠거니 생각할 뿐이고, 배운 것을 토대로 한 번쯤 스스로 도전해볼 수 있을 뿐이다. 어느 누구도 내 멱살을 잡고 파티플래너의 길에 데려다주지 않았다.

'방향'이 있는 도전

어떤 경험을 했는데 그것이 내가 원하는 성과를 못 냈을 때 '실패'라고 규정지었던 때가 있었다. 맞다. 사실 실패라면 실패다. 내가 〈셀레브〉 인터뷰에서 했던 말 중 이런 게 있다.

"20대에 어떤 도전을 했어요. 그런데 실패했어요. 그럼 그게 '실패'인가요? 왜 실패죠? 내 인생 끝이 난 게 아니잖아요."

그리고 이 영상에는 당시 200개가 넘는 댓글이 달려 나를 놀라게 했다. 그렇다. 그건 실패가 아니다. 하나의 과정일 뿐이다. 그러니 두려워하지 말고 도전하자. 인생의 성공과 실패를 고작 이삼십 대에 논하는 건 어불성설이다.

퇴사를 했으니 회사 생활을 한 경험은 헛된 것일까? 아니다. 지금 내가 200여 회의 기업 행사를 기획하는 파티플래너로 성장할 수 있었던 것은 회사 내에서 어떠한 시스템으로 결재가 이뤄지고 어떤 방식으로 의사 결정이 되는지를 잘 이해하고 있었던 덕분이다.

그러면 쇼호스트 아카데미에 다니며 2년 동안 연습했던 과정은 헛된 시간이었을까? 아니다. 그토록 다시 되돌려놓고 싶었고 후회했던 그 시간들은 나에게 처음 만난 사람들에게도 호감을 받을 수 있도록 하는 데 결정적인 도움을 준 경험이었다.

그러니까, 도전하자! 방향에 대해 고민하고 '나를 찾는 것'에 진심이라면, 두려워하지 말고 자신이 맞다고 생각하는 것에 도전하자. 어차피 정답은 없다. 내가 맞다면 맞는 것이고, 틀리다면 틀린 것이다. 그때는 틀렸지만 지나고 보니 맞았을 수도 있고, 그때는 맞았지만 지나고 보니 틀린 것일 수도 있다. 누군가 나에게 물었다.

"플래너님은 그때 어떻게 그런 용기를 내셨나요? 두렵지 않으셨나요?"

물론 두려웠다. 그런데 시간이 지나고 나서 '내가 그때 그 결정을 했더라면 어땠을까?' 후회하는 것, 난 그게 훨씬 더 두려웠다.

그러니까, 도전!

PARTY
PLANNER

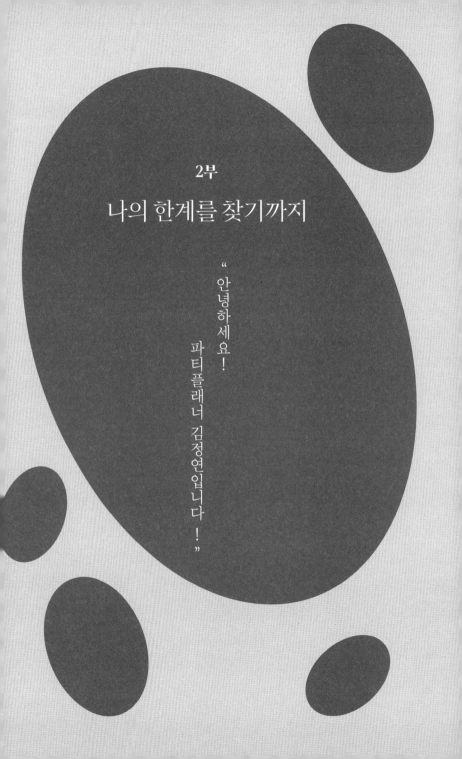

2부

나의 한계를 찾기까지

" 안녕하세요! 파티플래너 김정연입니다! "

◆

내가 입버릇처럼 혼자서 내뱉는 말

"괜찮아, 뭐 어때?"

"어찌 첫술에 배부르랴!"

"작은 일이라도 반드시 기록하자."

첫 파티 총괄,
수익은 0원

처음이라는 막막함

그렇게 15주의 수업이 끝나고도 어김없이 난 갈색 앞치마를 두르고 카페 주방에 있었다. 그날 아침도 여느 날처럼 자재 창고에 들어가 가장 안쪽에 있는 박스에서 일회용 컵을 꺼내고 있었다. 그때 전화벨이 울렸다. 부랴부랴 손에 묻은 먼지를 털고 전화를 받았다.

"뷰티 관련 회사에서 파티를 하고 싶다는데, 이거 네가 한번 해볼래?"

수업을 진행했던 강사의 전화였다. 뭔지는 잘 모르겠지만 우선 도전은 해봐야겠다고 생각했다. 그렇게 내가 전달받은 것은 당시 019로 시작하는 휴대폰 번호 하나였다.

아무것도 모른 채 이 번호로 내가 직접 전화를 해야 했다. 단순히 '문의'를 준 기업의 행사를 '수주'하는 것은 오롯이 내 몫이었다. 하지만 분명 기회였다. 그리고 기회가 왔을 때 잘 해내지 못하면 다음 기회는 없을 게 뻔했다. 그래서 더 긴장되었지만, 마음을 가라앉히고 전화를 해서 무엇을 어떻게 물어야 할지 차분히 정리하기 시작했다.

"안녕하세요. 뷰티 클래스 행사 문의 주셨죠?"로 떨리는 첫 마디를 시작했다. 상대방은 대뜸 행사가 얼마 남지 않아 급하다며 당장 미팅을 할 수 있느냐고 물었다. '당장? 오늘 카페에 있어야 하는데?'라는 생각도 잠시, 일단 가능하다고 대답해버렸다. 수원에서 서울 성수동까지 차로 가면 오후 3시 정도에는 미팅이 가능할 것 같았다. "네. 오늘 3시에 가능합니다!" 전화를 끊은 후 옷을 갈아입고 바로 출발했다. 그렇게 인생 첫 미팅에 참석했다.

첫 경험이라는 것은 분야를 불문하고 모두의 기억에 강하게 자리 잡는 법이다. 파티플래너로서 나의 첫 경험은 적극적이고 주도적인 이 기업의 담당자와 함께 시작되었다.

제일 첫 번째는 장소 섭외였다. 성수동의 카페 정도로 알아봐달라는 요청에 나는 평일 저녁, 그리고 주말마다 당시의 성수동을 샅샅이 뒤졌다. 눈에 보이는 카페마다 들어가서 행사 대관 관련을 묻고 비용과 방법을 확인했다. 커피 한 잔에 7천 원씩이나 하는 카페에 들어가 커피를 마시는 돈이 아까워 사진 찍는 척 한 바퀴를 둘러본 후 카운터로 가 대관도 하는지를 묻곤 했다. 그렇게 수십 군데의 장소를 보기 좋게 표로 정리한 후 공유했다. 그런데 결국엔 그 기업의 대표 지인이 하는 장소로 결정해버렸다. 그때의 허무함이란…. 그 여름에 흘린 땀은 어쩌고 발품을 팔고 다닌 시간은 또 어쩌랴!

생각해보면 신입 시절은 어디서나 하는 일의 내용만 달라질 뿐 방법과 그 업계의 관행을 몰라 고군분투하는 시절이다. 이때도 똑같았다. 진행되는 프로그램이 정말 많았는데, 그 각각의 프로그램에 맞춰서 몇 초 단위로 BGM을 바꿔 특정 곡들을 틀어달라는 요청이 있었다. 그리고 당시의 나는 "그건 좀 어렵습니다"라고 말해도 되는지를 몰랐다. 그저 요청대로 하나하나 해줘야 하는 줄 알고 기업 측에서 원하는 곡목을 엑셀에 차곡차곡 정리했다.

신입의 열정과 투지 앞에서는 세부적인 요청 사항 같은 건 아무것도 아니었다. 그 기업 담당자의 요청에 따라 움직이다 보면 카페의 문을 수시로 닫아야 했다. 성수동에서 미팅을 끝내고 부리나케 달려와 카페에 들어서면 커피를 마시러 온 사람들이 문 앞에 복작복작 서 있곤 했다.

"죄송합니다! 잠시만요!"

매번 내가 카페에 들어서며 기다리던 손님들에게 하는 인삿말이었다. 그렇게 이중생활을 하며 준비한 행사의 모습은 다행히도 그럭저럭 괜찮았다. 40여 명의 뷰티 블로거가 오고 연예인도 오는 행사였는데 메이크업 시연부터 배우 인터뷰, 럭키 드로우lucky draw까지 모든 것들이 큰 문제 없이 잘 마무리되었다.

생각해보면 이런 기업 행사 현장에서 총감독 역할을 한다는 것은 매우 긴장되고 부담스러운 일일 수도 있다. 그런데 그 첫 경험조차 나는 재미있기만 했다. 내가 준비한 기획안대로 하나씩 실현되어 가는 과정이 재미있었고, 많은 사람과 이야기하고 조율하는 것 또한 재미있었다. 확실히 나는 '기획'하는 것과 '소통'하는 것을 좋아하는 사람이었다.

얼마 전 내 교육을 들은 후 우리 회사에서 인턴 근무를 끝낸 직원 중 한 명이 이런 말을 했다.

"파티플래너라는 일이 좋긴 한데, 개인이 아닌 기업의 파티를 책임지는 건 저에게는 부담스러운 일인 것 같습니다."

이 말을 듣고 한참을 멍하니 생각했다. '정말 그럴 수도 있겠구나.' 이때까지 나는 단 한 번도 그런 생각을 해본 적이 없었다. 기업의 파티이기에 더 큰 책임감을 가졌고, 책임감이 커서 도전과 성취의 과정이 더 짜릿했다. 사람마다 자기가 좋아하고 행복을 느끼는 부분이 이토록 다를 수도 있구나 싶었다.

첫 경험이라는 긴장 속에서 살았던 한 달여간의 고생을 알아주는 담당자의 문자 메시지가 아직도 눈에 선하다. 그의 메시지는 당시 나에게 엄청난 힘을 줬다. 요약해서 말하면 '플래너님 덕분에 행사를 잘 마칠 수 있었습니다. 다음에 또 함께하고 싶습니다'라는 내용이었다.

안도의 한숨을 쉬었던 건, 이 일을 또 할 수 있다는 기대 때문이었다. 아마 이 첫 경험을 내가 망쳤더라면, 나는 이 정도의 일을 할 수 있는 능력이 없는 인간으로 평가되어 더 이상 나에게 '고객의 번호'를 주는 일이 발생하지 않았을 수도 있었을 것이다. 얼마나 다행인가.

그렇게 안도의 한숨을 쉬고 정산을 하는데, 다시 한번 당황스러운 일이 발생했다. 한 달여간 미친 듯이 장소를 찾아 발품 팔고, 부를 때마다 급하게 달려가 미팅을 하며 모든 행사를 준비한 결과 내 수익은 거의 없었다. (고객 번호를 준 대가인 수수료 30%와 내 교통비를 빼면 마이너스였던 것 같다.)

'그래도 괜찮다. 뭐 어떤가. 이로써 첫발을 뗀 것 아니던가.

어찌 첫술에 배부르랴!' 이렇게 생각했다. 첫 기회를 무난하게 잘 마쳤다는 것에 기쁘기만 했고, 다음 파티를 꿈꾸며 설렘이 계속되었다.

'수익'보다 '경험'

고객의 번호를 전달받는 것에 대한 대가는 행사 수익의 30%였다. 그리고 번호를 받은 후 연락하고 미팅하고 기획안을 만들고 계약하는 모든 과정은 나의 몫이었다. 당시 해당 강사도 말했지만, 내가 이렇게 일한 방식은 절벽에 새끼 호랑이를 밀어 넣는 것과 같았다. 그런데 그 호랑이가 절벽을 타고 스스로 올라온 것이다. 이 모든 과정을 수차례 해올 수 있었던 것은 앞서 내가 살아온 모든 과정이 내공으로 쌓여 있기 때문이라고 생각한다.

완전히 새로운 업계에 첫발을 들일 때, 내가 이전에 무엇을 했고 어떤 경력이 있는지는 당장 돈으로 환산되지 않는다. 동일 업계가 아닌 이상 나의 전혀 다른 경력은 '나'라는 사람 안에 쌓인 내공일 뿐 연봉을 협상하는 데 반영되지 않는다.

속상했냐고? 아니 괜찮았다. 내 모든 경험이 내가 원하는 일을 하기 위해 요리조리 알차게 쓰일 것이라고 생각했기 때문에 진짜 괜찮았다.

그리니까 늦은 시작이어도 괜찮다. 오히려 남들은 갓지 못한 자신만의 내공이 차 있을 수 있다. 그래서 시작할 때는 '수익'보다 '경험'에 초점을 맞추라고 말하고 싶다. '경험'을 통해 깨닫고 나면 '수익'은 점차 올릴 수 있는 방법이 있다.

새로운 도전을 하는데 기존에 하던 일과 비슷하게 돈을 벌고 싶다고 생각하는 건 말 그대로 어불성설이다. '나'를 내려놓는 과정이 없으면 절대 도전이라는 건 할 수 없다.

재미있는 일을
계속하고 싶다면?

무에서 유를 창조하다

그렇게 처음 직접 기획하고 만들어낸 파티가 괜찮은 성과를 낸 후, 30%의 수수료를 대가로 고객들의 번호를 더 자주 전달받게 되었다. 번호를 전달받은 후에는 클라이언트와 직접 전화 통화하고, 기획안을 만들고, 미팅해서 수주하고, 그 이후 행사를 총괄해 준비하고, 현장에서 총감독까지 하는 과정이 이어졌다. 이 일련의 과정이 재미있기도 했지만, 내 성격상 아무 간섭도 받지 않고 스스로 모든 과정을 하는 것이 오히려 편하기도 했다. 또 오롯이 내가 책임을 지고 하는 프로젝트이기에 더 큰 성취감을 느낄 수 있어 좋았다.

30%의 수수료를 내고 3.3%를 떼고 수익을 정산받았다. 지금도 그렇지만 숫자에 약해서 돈을 얼마 버는지의 개념보다는 이 재미있는 일을 계속할 수 있다면 무엇이든 좋다고 생각했다. 그렇게 2017년, 대학 축제에서 핼러윈 파티를 총괄하기도 하고, 한 해의 마무리를 축하하는 회사의 송년 파티를 총괄하기도 했다. 이런저런 행사가 만들어지는 과정은 파티플래너 입장에서 보면 이렇다.

기업의 의뢰를 받아 미팅을 한다. 미팅에서 고객이 무엇을 원하는지를 파악한 후 기획안을 작성한다. 기획안을 보내고 나면 기업에서는 비딩bidding 과정을 거친다. 우리가 보낸 기획안을 포함해 여러 업체의 기획안을 비교해보고 어떤 업체와 해당 행사를 진행할지 결정한다. 그리고 업체가 결정되면 그때부터 세부 사항들을 조율해 행사를 준비한다.

파티플래너 입장에서는 이번 행사를 맡길 업체로 선정되는 것, 이것이 첫 단계다. 그러므로 기획안의 양식이나 디자인은 계속해서 업데이트한다. 수많은 사람이 하나의 파티를 위해 일하는 현장에서 모두가 같은 모습을 그릴 수 있도록 하기 위해 필요한 행사 운영 자료들도 계속해서 개수와 양식이 늘어난다.

모든 프리랜서가 그렇겠지만, 일은 실력에 비례해 들어오기

마련이다. 재미있는 일을 계속하기 위해서는 스스로 실력을 키워가는 방법밖에 없다.

참 다행인 것은 내가 '무에서 유를 창조하는 것'을 정말 사랑한다는 사실이다. 그때나 지금이나 내가 가장 좋아하는 단계는 아무것도 없는 빈 도화지 위에 고객의 니즈를 바탕으로 큰 그림을 설계하고 그려 나가는 단계다. 이 단계는 가장 설레고 신이 난다. 그래서 어떤 의뢰를 받으면 밤을 새워서라도 기획하는 일이 여전히 자주 일어난다. 내 성격상 기존의 틀에서 그대로 반복만 하면 되는 일이었다면 진작에 재미없다고 그만두었을 것이다.

파티=비일상적인 순간

짧게는 2주에서 길게는 한 달 이상을 파티 하나에 집중해 준비하지만, 그 파티는 3시간 정도면 끝이 난다. 얼마 전 파티플래너로서 교육 매거진과 인터뷰가 있었는데 그때 담당 기자의 질문이 인상 깊었다. "그렇게 오랜 시간 공들여 준비한 결과물이 몇 시간 후에 다 없어지는 게 아쉽지는 않으신가요?" 기자의 일은 오랜 기간 공들여 작업한 결과물이 이렇게 차곡차곡 매거진으로 남는다며 한 질문이었다. 듣고 보니 정말 그랬다.

건축가도 기획하고 설계를 해서 건축물을 짓지만, 그 건축물은 오래도록 남는다. 한편 파티플래너는 공들여 기획하고 설계를 해서 파티를 만들지만, 단 몇 시간 후 무슨 일이 있었냐는 듯 모든 것이 사라진다.

파티는 비일상적인 순간이다. 일상이 아니라서 특별하고, 그래서 더 가치가 있다. 그리고 비일상이기에 잠깐 있다가 사라지는 것이다. 하지만 사라지는 것은 형상일 뿐 특별한 날의 감정, 뭉클함, 즐거움, 감동은 오래도록 기억에 남게 된다. 그래서 그 짧은 순간이 잊지 못할 추억으로 남을 수 있도록 하는 것이 파티플래너의 역할이라고 생각한다.

200회가 넘는 파티를 진행하면서 울컥하는 때는 이런 순간이다. 처음으로 아들의 회사 행사에 참석하신 80대 어머니가 계셨다. 수줍게 행사장에 들어서서 크리스마스트리에 거는 카드에 '우리 아들 사랑해'라고 적으셨다. 그리고 아들 옆자리에 앉아 아들과 손을 잡고 MC 멘트에 맞춰 앉았다 일어났다 게임을 하며 함박웃음을 지으셨다. 회사의 대표와 돌아가며 악수할 때는 대표의 손을 꼭 잡고 우리 아들 잘 부탁한다고 말씀하셨다. 이날, 어머니가 이토록 함박웃음을 지었던 날, 이 아들의 마음은 어땠을까?

딱 한 번뿐이기에 소중한 날, 모든 것들이 하나의 콘셉트로 완벽하게 구현된 날, 매일 보는 부모님이지만 그날에 마주하는 부모님은 다르다. 매일 함께 일하는 동료지만, 그날의 동료는 또 다르다. 그런 애틋함과 추억들이 쌓여 서로 더 이해하고 감싸주는 따뜻한 사회가 되지 않을까.

내가 이 일을 하는 이유고, 파티플래너로서 갖는 소명이다.

기록의 중요성을 느끼다

하나둘, 어느덧 10여 개의 파티를 총괄한 경력이 쌓인 어느 날이었다. 꼼꼼하게 정리하는 것을 잘 못하는 내 성격상 경력을 증명하는 사진들이며 영상들이 어딘가로 흩어져, 나중에 내가 무엇을 했는지 보여줄 수 없게 될 것 같다는 생각이 들었다. 그래서 기록하기 시작했다. 첫 공간은 블로그였다.

블로그는 사진과 글을 올리기에 적합한 툴이었다. 그리고 파티의 일련 과정을 순서대로 보여주기에 매우 편리하게 되어 있었다. 행사장에서 찍은 사진들을 올리고 어떻게 준비했는지를 정리하기 시작했다. 10여 개의 포스트가 쌓였을 때 제법 파티플래너의 블로그 모습을 갖췄다.

그때가 인스타그램이 태동하던 시기였다. 모든 페이스북 유저들이 페이스북을 버리고 인스타그램으로 갈아탈 때이기도 했다. 나 또한 가지고 있던 인스타그램의 개인 계정과는 별

개로 파티플래너 계정을 하나 만들어야겠다는 생각을 했다. 'Partyplanner.j'라는 이름으로 계정을 만들어 파티와 관련된 일상을 올리기 시작했다.

엄청난 기회가 찾아오다

특별한 일 없이 시작된 2018년 초, 전화 한 통을 받았다.

"안녕하세요. ○○ 기획사 ○○○ 매니저입니다. 이번에 아디다스우먼에서 이벤트를 하는데, 그것과 관련해서 파티플 래너님과 미팅이 가능한지 알고 싶어 전화드렸습니다."

'아디다스? 내가 알고 있는 그 아디다스?' 심장이 미친 듯이 뛰었다. 하지만 당황하지 않고 침착한 톤으로 미팅 일자를 잡았다. 미팅이 있던 날, 최대한 격식을 차리면서도 센스 있어 보이는 옷을 골라 입고 집을 나섰다. 함께 여러 파티를 만들어왔던 파티 스타일리스트 J와 떨리는 발걸음으로 신논현역 아디다스 건물 1층에 들어섰다. 난 그 순간, 그날을 잊지 못한다.

우리의 첫 번째 미션은 아디다스 옷으로 가득한 매장을 2030 여성들이 좋아할 만한 공간으로 변신시키는 것이었다. 시즌은 5월이었고, 브랜드의 컬러는 보라색이었다. 꽃을 활용해 플라워 카페처럼 매장 내 천장 레일을 연출하고, 중간중간 브랜딩할 수 있는 연출물을 비치하기로 했다. 두 번째 미션은 케이터링catering이었다. 원데이 이벤트에 온 사람들이 운동을 끝낸 후 먹을 수 있는 도시락은 건강해야 했고 예뻐야 했다. 운동 후 단백질과 수분을 보충해줄 수 있는 메뉴로 구성했다. 흰색 도시락 박스에는 브랜드 네임 스티커를 제작해 부착하고, 보라색 리본을 선물 포장처럼 둘렀다.

몇 년이 지난 지금까지도 잊지 못하는 장면이 있다.

"저도 남자고, 아디다스 부장님도 남자여서 2030 여성분들이 뭘 좋아할지를 모르겠어요"라고 말하던 대형 기획사의 매니저는 우리가 기획안을 제출했을 때도 우리의 기대와는 다르게 별 반응이 없었다. 그리고 모든 연출을 마치고 세팅이 완료된 매장 모습을 보던 두 사람 표정도 별로 좋지 않았다. '헉! 어쩌지? 마음에 안 드시나…'

"이걸 정말 참가자분들이 좋아할까요?"

한참을 바라보던 아디다스 부장이 나에게 물었다.

"그럼요!"

그 부장은 이렇게 꾸며놓은 걸 이벤트 참가자들이 좋아할지 확신이 없는 듯했다. 그때 매장으로 출근한 첫 여직원의 환호성이 들렸다.

"와! 너무 예뻐요!"

이걸 들은 두 사람의 표정이 잊히지 않는다. '정말? 이게 그렇게 좋아할 만한 거라고?' 말하는 듯했다. 그렇게 한 명 두 명 출근하는 직원들마다 너무 예쁘다며 곳곳을 사진찍기 시작했다. "그럼요! 좋아하실 거예요!"라고 확신에 찬 표정으로 말하긴 했지만, 속으로는 당연히 불안했던 나도 슬슬 긴장이 풀리기 시작했다. 그리고 이 반응은 본 행사가 시작되고 나서 이벤트에 참여한 참가자들의 반응으로 이어졌다.

아디다스우먼 원데이 트레이닝 이벤트는 인스타그램을 켜면 태그를 통해 우리가 준비한 이벤트 공간과 케이터링 인증샷을 확인할 수 있었다. 참가자들이 직접 올리는 후기는 꾸밈없고 진짜인 것이라, 이벤트를 준비한 우리는 이것들을 찾아보며 다시 한번 행복감을 느꼈다.

파티 의뢰를 받는 순간 고민이 시작된다. '어떤 파티를 좋아할까?', '다른 사람이 뭘 좋아할까?' 고민하는 기분은 어렸을 적 친구의 생일을 맞아 생일 선물을 준비할 때의 설렘과 비슷하다. 그 친구가 좋아할 모습을 상상만 해도 기분이 좋아진다. 마음에 드는 선물이 뭘지 힌트를 얻기 위해 돌려서 물어보기도 하고, 직접 발품을 팔아 여기저기 다니며 고민한다. 그 과정이 좀 귀찮기도 하지만 이렇게 준비한 선물을 좋아할 그 친구의 모습이 계속 떠오른다. '그래! 얼마나 좋아하겠어!' 설렘이 귀찮음을 밀어내고 열심히 준비한다. 그리고 디데이! 친구에게 선물을 건넸더니 친구가 예상보다 더 행복한 표정을 짓는다. 심지어 감동의 눈물을 흘리고 영원히 잊지 못할 거라고 말한다. 정말 뿌듯하다. 왠지 모르게 내가 더 행복해진다. 그동안 힘들었던 것, 이제 기억도 나질 않는다. 그리고 이 과정은 일종의 '중독성'을 띠고 내 삶에 반복된다.

이게 나의 파티플래너로서의 삶이다.

시너지 높이기

'파티플래너는 타깃과 동일시될 때 더 큰 시너지를 낼 수 있다!'

이렇게 파티는 타깃을 정확히 이해해야만 할 수 있는 작업이다. 지금 8년 차가 된 시점에서 어떤 파티든 만들 수는 있겠지만, 그 타깃이 나와 동일할 때 시너지가 높아지는 건 어쩔 수 없다. 예를 들어, 내가 여자이기 때문에 여자의 관심을 끌어야 하는 파티에 더욱 유리하다. 그리고 내가 아이를 키우는 엄마이기 때문에 아이들이 참여하는 축제에서 안전 요소나 주의 사항 등을 아무래도 더 잘 챙길 수밖에 없다.

파티플래너가 되고 싶다면, 그 꿈에서 그치지 않으면 좋겠다. 어떤 파티를 만들고 싶은지, 어떤 파티를 잘 만들 수 있는지 교집합을 찾는 것이 중요하다는 이야기다.

작은 일이라도 반드시 기록하자

김신지 작가의 책 《기록하기로 했습니다》를 정말 재미있게 읽었다. 아주 작은 것도 쌓이면 기록이 되고, 그 기록은 '나'의 발자취가 되어 '나'를 증명하기도 한다. 주변 사람들에게 기록의 중요성을 강조하며 블로그든 무엇이든 시작해보라고 이야기할 때 늘 이 책을 추천하곤 한다.

이렇게 기록의 중요성을 강조하게 된 계기가 바로 이 아디다스 사건이었다. 수회에 걸쳐 아디다스우먼이라는 초대형 브랜드의 이벤트 연출과 케이터링을 도맡아 진행할 수 있었던 시발점이 바로 내 인스타그램 피드였다. 이 사실은 몇 회의 행사가 성공적으로 끝난 후, 해당 매니저와 담소를 나누다가 알게 되었다.

"저희 남자 둘이 이 이벤트를 맡게 되어서 멘붕이 왔거든요. 인스타그램에서 '파티플래너'를 검색하다가 여자분 중에 제일 젊어 보이는 분에게 연락을 드린 거였어요."

"헐…."

정말 '헐'이었다. 그 태그를 달았던 피드도 정말 별것 아닌 일상 이야기였다. 이 작은 기록에서 아디다스우먼 이벤트가 시작되었다니! 물론 미팅과 기획, 운영 등 이후의 작업은 성과가 뒷받침되어야 가능한 일이긴 했다. 어쨌든 이 엄청난 기회가 나에게 올 수 있었던 것에 정말 감사한 마음이다.

내 경우만 보더라도 기록이 얼마나 중요한지 알 수 있을 것이다. 작은 일이라도 반드시 기록하는 습관을 들였으면 좋겠다. 언제 어떻게 기회가 되어 올지는 아무도 모른다. 대단하지 않아도 된다. 사소한 것이 엄청난 기회가 되는 법이다.

천국과 지옥을 오가는 일

프리랜서였던 나에게 직접 연락이 와서 진행하게 된 아디다스우먼 행사는 감사하게도 계속해서 시리즈 형태로 이어졌다. 수회에 걸쳐 장소나 프로그램 디테일은 달라졌지만 같은 콘셉트로 그때그때 맞는 연출과 케이터링을 진행했다. 그런데 이 모든 순간이 아예 일어나지 않을 수도 있었다. 그만큼 지금 생각해도 아찔한 순간이 있었다.

바로 첫날이었다. 아디다스 매장에서 천장 레일에 우리가 준비해온 꽃을 달려고 할 때였다. 준비해온 꽃 작업은 마쳤고, 한시라도 빨리 설치 작업을 시작해야 하는 시간이었다. 작업을 위해 우리가 챙겨온 사다리가 2개 있었는데 그중 하나가 필요한 높이까지 닿지 않았다. 부랴부랴 행사장에 사다리가 있는지 확인했으나 당장 이용 가능한 것은 없었다. '큰일이다. 어떡하지?'(지금 생각하면 참 말도 안 되는 준비성이다. 그런데 사실은 이 정도의 상황은 우리 측 실수든, 주최 측 실수든, 참가자 측의 변수든 아주 어렵지 않게 맞닥뜨리는 것이기는 하다.)

그때의 시간이 오전 7시를 좀 넘어서고 있었다. 스마트폰으로 주변 철물점을 검색해 높이 몇 미터의 사다리가 있는지 한 곳 한 곳 전화를 걸었다. 문을 열지 않은 곳이 절반, 그 높이의 사다리는 없다고 하는 곳이 또 절반이었다. 정말 손 떨리는 순간이었다. 하지만 현장에 있는 팀원들에겐 "다른 작업부터 하고 있으면 내가 알아서 구해올게"라고 자신 있게 말했다. 기업의 담당자들에게도 별 상황 아닌 듯 괜찮은 척을 했다. 하지만 나는 혼자 행사장 밖에서 손을 덜덜 떨면서 쉴 새 없이 전화를 돌리고 있었다.

"네, 있습니다."

"감사합니다! 바로 가겠습니다!"

드디어 한 곳에서 사다리가 있다는 답변을 받았다. 바로 차를 끌고 그곳으로 달려갔지만, 모닝이라는 이름으로 불리며 귀여운 면모를 자랑했던 나의 애마는 그 긴 사다리를 품기에 너무 작았다. 애마에 생채기가 나든 말든 사다리를 욱여넣다시피 하고는 뒷문이 제대로 닫히지도 않은 채 부랴부랴 출발했다. '제발 열리지만 마라'를 속으로 기도하며 간신히 사다리와 함께 행사장에 도착했다. '이제 됐어.' 온몸에 맺힌 식은땀을 감추기라도 하듯 별일 아니라는 웃음을 지어 보였다.

이렇게 난 천국과 지옥을 오가는 일을 8년째 해오고 있다.

어마어마한 기회가 찾아오다

강남 아디다스 매장에서, 맞은편 골목의 요가장에서, MMCA 국립현대미술관에서 원데이 이벤트는 장소만 바뀐 채 다음 해까지 계속 이어졌다. 열심히, 그리고 재미있게 일하는 나날들이었다. 이때 나를 좋게 본 해당 매니저가 옆 부서에서 다른 프로젝트가 있다며 소개해줬다.

그 프로젝트가 바로 2018년 BMW 프로젝트다. 무려 4개월 간 56회의 행사를 진행하는 프로젝트였다. 2년 차 파티플래 너에게는 상당히 도전적인 과제였다. 지금 생각해보면 이걸 어떻게 했을까 싶다. 이렇게 큰 행사를 기획하고 체계를 짜는 것도 나였고, 매일매일 행사가 잘 끝날 수 있도록 운영을 책임 지는 것도 나였다. 이 어마어마한 프로젝트에 대한 책임을 오 롯이 나 혼자 짊어져야 했다. (주변에 선배가 있었다면 이것저것 물 어보고 조언도 얻었을 텐데, 이 정도의 프로젝트를 한 사람은 아무도 없 었다.)

그래서였을까. 이 이야기를 하자마자 부모님은 뜯어말리셨 다. "너 혼자 그걸 할 수 있어? 혹시라도 문제 생기면 네가 그

돈 다 물어줘야 하는 거 아니야? 또 기껏 일 다 해놓고 돈 못 받으면 어떡해?" 사업을 하셔서 늘 과감하게 하라는 조언을 해주셨던 아버지도 이때만큼은 불안해하시는 게 눈에 보였다. 그저 딸 걱정뿐인 엄마는 하루가 멀다 하고 밤낮으로 전화를 하셨다. "어떻게 되어 가고 있어? 정말 해도 되는 거 맞아?" 그 정도로 당시의 나에겐 어마어마한 프로젝트였다.

'할까? 말까?' 이 고민이 들 때 나는 내가 할 수 있는 것들만 기획안에 담아 제출한다. 그리고 나와 할지 말지 결정은 기업 측에서 하게 한다.

언제나 그렇듯 나는 내가 할 수 있는 범위의 기획안을 만들어 제출했고, 다행인지 불행인지 계약을 맺었다. 정말 감사한 일이었지만, 어떤 살 떨림 같은 것을 느낄 수밖에 없는 대형 프로젝트임에는 틀림없었다.

가장 좋은 홍보 방법=추천

8년이라는 경력이 쌓였지만, 크고 작은 행사나 파티에 설레는 것은 여전하다. 2023년의 행사 중 가장 기억에 남는 일은 내가 제일 좋아하는 연예인의 팬 미팅 의뢰를 받은 것이었다. 이 연예인의 팬 미팅을 한다는 것은 나에겐 더 이상의 목표 고지가 없어질 정도로 큰 일이었다. 난 믿을 수가 없었다. 유명 연예기획사 사무실에서 미팅을 하기로 한 날, 너무 긴장한 나머지 주차장에서 주차하다가 뒤차를 박는 일까지 있었다. 그만큼 긴장을 어마어마하게 했다.

뒤차에 적힌 번호로 전화해서 보험 처리를 하고 사무실로 올라갔다. 사무실로 올라가던 중 낯익은 가수를 만났는데 "안녕하세요!" 하고 방긋 웃어줘서 긴장이 조금 풀렸다. 열심히 일하고 있는 직원들 사이를 지나 구석의 미팅 룸에 자리를 잡고 앉았다. 특유의 편안한 회사 분위기와 어울리는 담당자가 미팅 룸으로 들어왔다. 그러고는 내가 가장 궁금했던 부분을 서두에 언급했다.

"저희가 팬 미팅을 생각하면서 여러 업체를 알아보고 있었는데요. 저희 팀에 합류한 ○○ 팀장이 이전 회사에서 대표님이 행사를 정말 잘 해주셨다고 강력 추천을 했습니다. 그래서 대표님에게 제일 먼저 연락드리게 되었습니다."

그렇다. 이 작은 회사를 이 큰 기획사에서 발견한 것은 그어떤 상위 노출 광고가 아니었다. 2022년 6월에 한 기업의 사내 옥상에서 페스티벌 콘셉트의 축제를 총괄했는데, 당시 부담당자로 있던 이 회사의 ○○ 팀장이 회사를 옮긴 후 추천을 한 것이었다.

이건 정말 몇천만 원으로도 살 수 없는 '지인 추천'이다. 늘 열심히 최선을 다했지만, 이날 연예기획사 앞에서 벅찬 인증 샷을 찍으며 한 번 더 다짐했다. 매번 최선을 다하자고. 그러면 이렇게 좋은 날이 계속 올 거라고.

　파티플래너 초기에도 이와 비슷한 추천 사례가 있었다. 바로 나를 파티플래너로 자리 잡게 해준 아디다스에서 BMW로 이어지는 앞서 말한 그 사건이다.

인간은 누구나
고통 속에서 성장하는 걸까?

다윗과 골리앗의 계약서 싸움

BMW 프로젝트는 프리랜서 형식으로 진행하기엔 너무 큰 행사였으므로 계약을 맺고 세금계산서를 발행하기 위해 사업자번호가 필요했다. 이때 평생 잊을 수 없는 내 사업자번호 858-10-****가 탄생했다. 2024년 법인으로 전환하기 전까지 이벤티움의 사업자번호이기도 했다.

내 이름의 사업자로 계약을 한다는 것, 그리고 모든 책임을 지는 대표자라는 것의 무게는 경험해본 사람이 아니면 모를 정도로 크게 다가온다.

계약서의 내용이 정리되기까지 엑셀 파일은 30여 개가 넘어갔고, 각 파일마다 시트도 20개씩이 넘어갔다. 정말 복잡하고 변경 사항이 많은 행사였다. 그도 그럴 것이 서울, 경기, 충청, 전라, 경상 5개의 지역에서 4개월에 걸쳐 56회를 거의 매일 해내야 하는 행사였기 때문이다.

파티플래너는 단 몇 시간의 파티를 위해 모든 것을 준비한다. 그리고 그 모든 것을 준비하는 것에 대해 책임을 지겠노라고 기재하는 내용을 담은 계약서를 쓴다. 그래서 단 몇 시간이지만 어떤 변수가 있을지를 예상하며, 우리가 책임져야 하는 모든 것들을 기민하게 살펴야 한다.

'이에 관한 모든 책임은 이벤티움이 지기로 한다.'

계약서상 이 문구는 몇백 번을 봐도 가벼워지지 않는 책임감으로 다가온다. 그래서 8년 차인 지금도 여전히 가장 떨리고 비장해지는 시간이 계약서에 사인하는 순간이다.

'56회의 행사 중 어떤 한 행사에서 변수가 생겨 날짜가 변경되거나 이벤트가 취소될 경우, 어떻게 손해를 처리할 것인가?' 이 규정 한 줄을 넣기 위해서는 백 데이터 작업이 필요했다. 회당 발생하는 비용을 모두 항목으로 만들어두고 예상치 못한 상황으로 특정 상황이 발생했을 때 수식을 적용하여 금액을 처리할 수 있도록 조항을 만들었다. 이렇게 되니 백 데이터의 백 데이터, 그 백 데이터의 백 데이터가 계속해서 생겨났다. 억 단위가 되는 행사를 수주했다는 것은 성취가 높은 만큼 위험이 뒤따르는 큰 도전이기도 했다.

이 작업을 도와주는 이는 없었다. 직원도 없었다. 난 혼자 일하는 프리랜서였다. 내가 기획하고 예산을 분배하면, 그 후 거기에 맞춰 현장에서 연출하고 운영하는 인력이 있었을 뿐이었다. 모든 기획 작업을 혼자서 해야 했고, 모든 책임을 혼자서 져야 했다.

이건 정말 큰 두려움이었다. 계약 상대는 업계에서 가장 큰 이벤트 기획사였다. 혹여 계약서를 제대로 못 쓸 경우, 엄청난 손해를 그대로 떠안을 수도 있었다.

계약서를 완성하기 전 막바지 단계에서 행사 횟수를 56회로 할지 57회로 할지에 대한 이슈가 있었다. 당시 내가 봤을 때는 계약서상에 행사 횟수는 굉장히 중요했다. 하지만 몇 회로 하든 그때그때 상황에 맞춰서 바꾸면 되니 크게 상관없다고 하는 담당 매니저의 말에 "그런가요?" 하고 동의해버렸다.

당시 나는 중고로 산 경차 모닝을 끌고 다녔는데, 그 차에 행사장 연출용 짐을 싣고 전국을 다니기는 역부족이었다. 그래서 부모님이 쓰던 카니발을 빌려서 타고 다니기 시작했는데 그때가 카니발을 처음 몰았을 때였다.

그렇게 계약서 조율 과정을 마치고 아직은 어색한 카니발에 올라탔다. 몇 번 연습 삼아 운전하고 다녀보기는 했지만 높은 운전석 등 모든 것이 그전의 차와는 차이가 컸다. 속으로는 미친 듯이 떨렸지만 겉으로는 침착하게 이어간 계약서 조율 과정을 마치고 이질감이 드는 차를 출발시키려 할 때 전화벨이 울렸다. 조금 전까지 이야기 나눴던 계약 사항에 관한 전화 통화였다. 이런저런 이야기 끝에 찜찜했던 부분을 조심스럽게 꺼냈다.

"매니저님, 제가 생각해봤는데 계약서상에 횟수를 57회로 바꾸는 게 낫지 않을까요?"

그러자 생각지도 못한 반응이 바로 들어왔다.

"아, 진짜! 상관없다니까…. 그럼 마음대로 하세요!"

난 당황해서 다급하게 "알겠습니다!"를 연발하고는 통화 종료 버튼을 눌렀다. 그러고는 차 안에서 엉엉 소리 내어 울었다. 몸에 익지 않은 큰 차를 운전하고 가는 것이 불안해서 그랬는지, 갑자기 내 몸으로 들어온 서러움이 차고 넘쳐서 그랬는지 터져버린 눈물은 도무지 멈추질 않았다.

차 안에서 우는 것도 습관

'차 안에서 혼자 서럽게 우는 것'은 어쩌면 2018년 저 날을 시작으로 8년 차인 지금까지도 일종의 습관이 되어버린 것 같다. 조금 더 경력이 쌓였을 뿐이고 조금 더 나를 믿고 맡기는 기업이 많아졌을 뿐이지 행사 하나를 총괄하는 책임감은 그대로다. 아니 오히려 행사의 규모에 맞춰 늘어났다고 하는 게 맞겠다. 그리고 책임감이 커질수록 행사장에서의 압박은 클 수밖에 없다. 하루 종일 압박감과 긴장감을 등에 업고 침착한 척, 아무 문제 없는 척, 힘들지 않은 척하고 나면 행사가 끝나는 순간 모든 힘이 풀려버린다.

"수고하셨습니다!"

"너무 고생했어!"

마무리 인사를 건네고, 모든 짐을 차에 싣고 문을 닫으면 "드디어 끝났구나. 잘 끝났어. 정말 고생했네"라는 말들이 어디선가 나를 향해 들려온다. 그 순간, 이상하게도 눈물이 막 쏟아질 때가 있다.

'대체 왜 우는 거야?' 웃긴 건, 울고 있는 순간에도 스스로 이런 의문이 든다는 사실이다. 감사하게도 멋진 행사를 만들 수 있었고, 심지어 잘 끝났고, 모두가 감사해하며 만족하고 행사를 마쳤으니 정말 기쁘고 뿌듯한 상황이어야 맞다. 그런데 나는 왜 이렇게 눈물이 날까. 모든 게 잘 끝날 수 있도록 노력한 과정이 힘들어서 그럴까? 다른 누가 힘든지 살피느라 내

힘듦은 살피지 않다가 힘듦을 드러내놓고 싶은 마음이 생겨서 그럴까?

그렇게 우는 이유도 모른 채 엉엉 울다 보면 갑자기 또 기분이 좋아진다. '행복하고 감사하다.'

전국구 행사 이야기

하나의 행사를 총괄하는 데는 많은 파트너사와의 협력이 필요하다. 주로 서울과 경기의 행사를 주관해온 나는 이쪽 지역에서는 어렵지 않게 필요한 업체를 찾을 수 있었다. 그런데 지방은 달랐다.

장기 프로젝트 계약을 위해 충청도, 전라도, 경상도 지역의 업체들도 찾아야 했는데 뭔가 이상했다. 살면서 지역마다 이렇게 지역의 색깔이 다르다는 것을 처음 깨달았던 것 같다. 주로 전화 통화로 업체를 섭외해야 했는데, 원활한 대화부터 쉽지 않은 곳이 많았다. 확실히 서울 문화에 익숙한 나는 약간 '대충대충' 식으로 대답하는 업체들에 적지 않게 당황했다. 힘들게 조율해 찾은 업체와 가까스로 계약서를 통해 계약 사항을 명확히 기재하고 '최소한 계약한 대로는 해주겠지' 생각했는데… 그게 아니었다.

그해 9월과 10월 나는 서울에 있다가 급히 경상도, 전라도로 달려간 게 한두 번이 아니었다. 계약서에 기재되어 있는 메뉴 그대로 준비하지 않는 것도 상상할 수 없었지만, 거기에 대한 반응이 더 당황스러웠다. 우리가 준비하기로 한 메뉴 그대로 준비해야 하는 것은 당연한 일이다. 그런데 갑자기 해당 메뉴가 없어 다른 걸로 대체하겠다고 일방적으로 통보했다. 그것도 겨우겨우 행사 시간에 임박해서야 세팅을 시작했다. 총책임자인 나로서는 정말 미치고 팔짝 뛸 노릇이었다. 물론 이것은 지역 특성이 아니라 해당 업체의 문제였을 것이다. 하지만 당시 나에게는 지방에서 행사를 한다는 것이 얼마나 어려운 일인가를 깨닫게 하는 계기가 되었다.

현장에서 이런 문제가 생기면 파티플래너는 또 어김없이 사과를 시작한다. 지금 상황이 이래서, 이러이러한 문제가 생겨서, 이렇게 해결 중이다 식으로 사과를 한다. 또 상황이 나오는 대로 보고도 한다. 파티플래너를 하면서 가장 잘 쓰고 있는 나의 스킬 중 하나는 '진심으로 사과하기'다.

계약 또 계약

행사를 의뢰한 클라이언트 '갑'과 행사를 진행하는 우리 '을'과의 계약이 체결되었다는 것은 우리와 우리 프로젝트를 수행하기 위한 수많은 파트너와 계약을 마쳤다는 말이기도 하다.

우리의 프로젝트는 5, 6월 두 달 동안 서울과 경기 지역의 행사를 마치고 나면 7, 8월 두 달간 쉬고, 다시 9, 10월에 충청도와 전라도, 경상도의 행사가 시작되는 일정이었다. 그러므로 이 계약이 체결된 4월 당시, 우리는 이미 9, 10월에 있을 전라도나 경상도의 파트너 업체들과 계약을 마쳤다는 이야기다. 업체들은 상반기에 하반기 행사를 픽스$_{fix}$시켜야 하는 상황이라며 계약금으로 행사 총금액의 50%를 요구했다. 우리는 혹여나 다시 업체를 찾아야 하는 불상사는 없어야 하기에 모두 입금을 완료했다.

이 이야기를 하는 이유는 예상대로 문제가 생겨서다.

5월과 6월 20여 회의 행사를 무사히 마치고 7월에 다시 충청도에서 시작할 행사를 준비하며 숨을 고르고 있을 때였다. 뉴스에 속보가 떴다. 'BMW 차량 연이은 화재로…' 이때까지만 해도 이 뉴스가 하반기에 하기로 한 우리 행사에 영향을 미칠 줄은 몰랐다. 그런데 하루, 이틀, 일주일… 이 사태가 확대 일로로 치달았다. 회사에서도 이 문제가 엄청난 이슈가 되었을 게 당연했다. 역시나 예상대로 우리와 계약한 대행사에서 연락이 왔다. 하반기 행사를 진행할 수 없을 것 같다고…. 진행하지 않은 부분에 대한 금액은 지불할 수 없다고….

이때를 생각하면 다시 오금이 저린다. 바로 계약서를 꺼내 봤다. 여러 계약서의 조항 중 이러한 사태는 기재되어 있지 않았다. 다만, 천재지변에 관한 조항이 보였다. 하지만 이것은 천재지변도 아니었고 우리 측 잘못도 아니었다.

손이 떨리기 시작했다. 손이 떨린 이유는 하반기에 이 계약을 수행해주기로 한 경상도와 전라도 업체에 이미 50%의 금액을 지불했기 때문이다. 계약대로, 즉 법대로 한다면 우리는 이 금액을 환불받을 수 없다. 그리고 모든 행사를 진행했을 때의 마진을 기준으로 계약을 한 것이었다. 이 때문에 이렇게 절반을 진행 안 한다고 해서 절반 금액을 받지 못하면 우리의 손해가 어마어마했다. '그동안 나는 왜 그렇게 고생을 한 것인가? 왜 이걸 수주해서 금전적인 손해를 보면서까지 일을 한 것인가? 하지 말라고 극구 말리던 엄마 아빠의 말을 들었어야 했나?' 별생각이 다 들었다.

당연하게도 이때 잠을 거의 제대로 잔 날이 없다. 계약서를 들고 무료 법률 자문하는 곳에 찾아가 상담을 받았다. 실상이 그랬다. 영세 업체가 법적인 문제에 봉착하면 어디도 기댈 곳이 없다. 소송을 하기 위해서도 많은 돈이 들기 때문이다. 그렇게 몇 날 며칠을 잠도 못 자고 전전긍긍하던 날, 한 가지 희망이 생겼다. 바로 계약서에 기재해뒀던 한 줄 때문이었다.

'갑 혹은 발주처의 사정으로 인한 행사 취소 시 갑은 을이 입은 직접적인 손해를 배상한다.'

이 한 줄을 근거로 삼아 하반기 행사를 진행하지 않을 시 우리도 배상받아야 한다는 메일을 보냈고, 해당 사항을 인정한 상대는 이 사실을 받아들였다. 그리고 하반기 행사는 조금씩 변경되긴 했으나 전체적으로는 계약대로 이행되었다.

'초보여도 계약서는 중요하다.'

2023년부터 내가 해오고 있는 파티플래너 교육에서 중요한 커리큘럼이 있다. 바로 교육 후반부에 등장하는 '계약' 관련 수업이다. 이 수업은 나의 실제 경험을 바탕으로 모든 노하우를 담았다. 정말 힘들었고 고통스러웠기 때문이다. 법무팀을 보유한 큰 업체라면 이런 걱정을 하지 않아도 되겠지만 프리랜서로, 1인 기업으로 시작하는 사람들에게는 계약서가 얼마나 중요한지를 꼭 알아야만 한다. 문제가 생겼을 경우, 근거로 삼을 계약서의 조항은 하나하나 꼼꼼히 확인하는 습관을 들이는 게 좋다. 조항 하나하나 직접 만들어보는 것도 도움이 된다.

살면서 처음 들은 쌍욕

4개월간의 행사가 모두 끝나고 2주 정도 지난 토요일 새벽이었다. 자고 있는데 전화가 왔다. 떠 있는 번호를 보니 행사 내내 제대로 된 메뉴를 준비해오지 않아 정말 많은 고생을 시킨 지방 업체였다.

"여보세요?"

"돈 보내세요."

"네?"

"돈 보내라고 씨X!"

"…저희가 말씀드렸던 것처럼 지금 기업 측에서 지급이 안 되고 있어서 돈 들어오는 대로 입금할 예정인데요."

"아 씨X! 돈 보내라고!"

"근데 왜 욕을 하고 그러세요?"

"그니까, 욕 듣기 싫으면 돈 보내세요."

그러고는 갑자기 전화를 끊어버렸다.

살면서 처음 들어본 아주 모욕적인 쌍욕이었다. 그렇게 제대로 일을 하지 않아 속을 썩였던 업체에서 그동안 내가 지적했던 것이 쌓였던 건지, 욕 듣고 기분 나빠서 빨리 돈을 보내길 바랐던 건지 모르겠지만 쌍욕을 해댔다. 나는 그렇게 쌍욕을 듣고 나서 한참을 넋이 나간 듯 멍하니 있었다.

사람마다 성향이 다르겠지만, 나는 누군가한테 싫은 소리 듣는 것을 정말 싫어한다. 일을 맡으면 완벽하게 하려는 것도 그 이유에서다. 이날은 그렇게 고고하게 지켜왔던 내 자존심이 저 지구 끝까지 떨어진 날이었다. 이 사건은 바로 옆에서 자고 있던 남편에게도, 늘 걱정하는 엄마 아빠에게도 절대 말할 수 없는 비밀 사건이 되었다.

"이쪽에 인맥이 넓으신가 봐요?"

힘들었던 에피소드를 입 밖으로 처음 꺼낸 날은 파티플래너가 되고자 하는 친구들에게 무료 강의를 해주던 날이었다. 이런 에피소드를 무던하게 꺼내며 강의를 마쳤을 때 한 친구가 와서 말했다.

"플래너님한테 이렇게 힘든 일들이 있었는 줄은 상상도 못 했어요."

이때 알았다. 누군가는 내가 되게 쉽고 수월하게 이 일을 해오고 있는 줄 알 수도 있겠다는 걸. 정말 그렇지 않은데… 정말.

얼마 전에도 놀랐던 경험이 있다. 지금은 아니지만 이전에 우리 회사의 회계를 봐주던 회계법인과의 미팅에서였다. 작년 대비 어떻게 이렇게 큰 폭으로 매출이 늘 수 있는지 대단하다고 하며 던진 말이 나를 멍하게 했다.

"이 업계에 인맥이 넓으신가 봐요?"

이 말이 나한테는 정말이지 쇼크였다. 왜냐하면 인맥이 단 하나도 없이 시작했고, 지금도 마찬가지기 때문이다. 그래서 이 말을 듣고는 정말 많은 생각이 들어 사업을 하셨던 아빠에게 여쭤봤다.

"그렇게 생각하는 사람들이 많을 거야. 보통 사업을 하면 인맥으로 계속 이어가는 경우들이 많기 때문에 그래."

아빠의 말을 듣고 '정말 사람들이 그렇게 나를 오해하면 어떡하지?' 싶었다. 내가 행사를 주관하고 그 기업의 소개로 연락이 온 경우들은 많지만, 기존에 알던 사람들의 행사를 주관한 적은 단 한 번도 없었다. 만약 어마어마한 인맥이 있어 규모 있는 행사를 비딩 없이 수주했다면 너무나 좋았겠지만 아쉽게도 그런 인맥은 없었다. 인맥이 있었다면 그것을 활용해 더 많은 행사를 수주했을 수도 있었을 것이다. 지금도 공기관 행사를 하면 공무원에게 뭐라도 좀 줘야 하는 거 아니냐고 하는 주변 어른들이 있다. 예전에는 그런 게 관행이었다고 하지만, 난 그런 관행을 알고 싶지도 않고 그렇게 해서 재수주를 하고 싶지도 않다. 그냥 우리가 한 일에 만족해서 또 맡기기를 바랄 뿐이다. 고집스럽게도 '능력'으로만 인정받고 싶은 마음이 있다.

소위 말하는 경제력 있는 집안에 태어났다면 더 많은 사업

기회가 있었을까? 물론 그랬을 수도 있을 것이다. 그런데 파티플래너가 되고 싶은 친구들에게 교육하기로 결정하면서 든 생각은 '내가 아무것도 없이 시작했기에 가르쳐줄 수 있는 것들이 많다'는 것이었다. 그냥 밑바닥에서 하나하나 도전하고 경험하면서 직접 알게 된 것들이 얼마나 소중하고 가치 있는지 알려주고 싶었다.

'지나고 보니 고통은 성장이었다.'

쌍욕을 들었을 때 참 힘들었다. 인생에서 이렇게 힘든 시간이 또 있을까 싶었다. 그런데 지나고 보니 이때가 파티플래너로서 정말 미친 듯이 성장한 시기였다. 지금도 유난히 마음이 힘들고 고통스러울 때마다 생각한다. '지금이 내가 성장하는 타임이구나.'

고통과 성장은 비례한다. 힘든 일을 겪고 나면 그다음에 하는 것들이 수월하게 느껴지는 효과는 실로 엄청나다.

미친 듯이 괴롭다면 성장하고 있다는 증거다.

여성으로서
일을 한다는 것

임신해도 되나요?

2017년 따끈따끈한 신혼 1년 차에 파티플래너 일을 시작했다. 결혼을 하고 나면 주위에선 다들 다음 단계인 '아이를 갖는 것'을 생각한다.

막 자리를 잡아가고 일이 점점 바빠질 무렵, 나와 함께 일하던 후배 동료가 말했다.

"쌤, 제가 제일 두려운 게 뭔 줄 아세요?"

"뭔데?"

"쌤이 임신하는 거요."

웃긴 말이었지만 마냥 웃을 수만은 없었다. 파티를 만드는 일이 재미있었던 그들에게 파티를 수주해오는 내가 임신을 한다는 건 이 일을 중단해야 하는 이유가 될 수도 있기 때문이다. 그리고 2019년 정말 임신을 해버렸다.

있어도 되고 없어도 되는 게 아이라고 생각했는데, 시간이 지날수록 아이의 얼굴이 궁금했다. 그래서 "그래! 한 명은 낳아 보자!"로 합의를 본 우리 부부에게 임신 소식은 감사하고 감동적인 일이었다. 하지만 일하는 사람으로서는… 참 난감한 일이기도 했다.

여성이 임신을 한다는 건 경이롭고 감사할 일이다. 하지만 막상 본인에게는 기쁨보다 수십 가지 걱정이 먼저 앞서는 일생일대의 사건이기도 하다. 특히 '임신-출산-육아'의 과정을 고스란히 인정하고 받아들이는 공기관 같은 회사에 다니고 있지 않으면 더욱 그렇다. 나처럼 일을 하면 돈을 벌고, 일을 하지 않으면 수입이 0원이 되는 1인 사업자에게 '임신'이라는 건 어쩌면 곧바로 '경단녀'로 직행할 수 있는 기차에 올라타는 것과 같다.

똑같이 대해주면 안 되나요?

어느 여름날, 귀신의 집 축제를 의뢰받아 모 대학 운동장에

서 몽골 텐트를 설치하고 있을 때였다. 애정하는 후배 한 명이
조심스럽게 물었다.

"대표님, 혹시 임신하셨어요?"

바지를 배까지 끌어올리고 티셔츠를 박시하게 입었음에도
불뚝 튀어나온 배를 이제는 더 이상 숨길 수 없어진 것이다.

"응? 응….'

왜 임신 사실을 동료들에게 이야기할 때 이렇게 작아지는
지 모르겠다. 왠지 모를 미안한 감정은 또 뭔지. 아마도 이래서
그렇지 않을까 싶다.

임신을 한 순간부터 다른 사람들은 이 임신한 여성을 이전
과 똑같이 대하면 안 된다고 생각한다. 배 속에 아이가 있어
몸이 힘드니까 많은 부분을 배려해야 하고 양보해야 한다고
생각한다. 이렇게 동료들 입장에서는 불편한 점이 많이 생기
는 것이다.

지금도 그렇지만 나는 행사장에서 무거운 바 테이블을 불
쑥불쑥 들고 옮기는 것에 익숙하다. 성격상 행사장에서 빠르
게 이동해야 하는 가구들은 누구에게 지시할 틈을 못 기다리
고 내가 나서서 하곤 한다. 그런 내가 임신을 했다. 초반까지는
괜찮았는데 중후반으로 갈수록 배가 점점 불러와 티가 많이
났다. 어느 날 직접 테이블을 옮기려고 하자 기업 담당자가 말

렸다.

"대표님, 하지 마세요! 앉아 계세요! 저희가 할게요!"

이런 부분들이 나를 많이 힘들게 했다. 물론 배려해주는 것은 정말 감사하지만, 난 똑같은데 주변 사람들을 더 배려해야 하는 상황으로 만들어버리는 내 모습이 싫었다. 무능력하고 다른 사람들에게 부담을 주는 인간이 되는 것 같았다.

'제발 똑같이 대해주면 안 될까요?'

임신 8개월, 8개의 행사 총괄

2019년 12월은 내가 임신 8개월에서 9개월로 넘어갈 때였다. 살도 굉장히 많이 쪄서 몸무게가 70킬로그램에 육박했다. 둔한 모습으로 그달에 내가 총괄한 행사가 무려 8개였다. 그냥 평소처럼 했을 뿐인데 임신한 몸으로 너무 평소처럼 한 게 문제였다.

임신했을 당시 의사가 한 말이 기억난다. "자궁의 크기가 일반 사람보다 많이 작아서 아이가 유산되거나 조산할 위험이 있습니다." 이 말을 들은 날 집에 와서 얼마나 울었는지 모른다. 그런데 감사하게도 배 속의 아이는 무럭무럭 무탈하게 잘 자랐다. 우려했던 대로라면 임신 기간 내내 병원 침대에 누워 있어야 했지만, 현실은 매일 행사장을 종횡무진 뛰어다니는 날들이었다.

어느 날 행사장에서 무대 위 공연을 보다가 공연 사진을 좀 더 잘 나오게 찍고자 바닥에 쭈그려 앉았다. 그랬더니 배 속에서 갑자기 아이가 발로 어찌나 세게 차는지 화들짝 놀라서 벌떡 일어났다. '아, 맞다. 배 속에 애가 있었지.'

아마도 아이가 이렇게 외치는 것 같았다.

"엄마 적당히 좀 하세요! 내가 배 안에 있다고요!"

임신 때는 배 속에 아이가 있다는 걸 까먹곤 했는데, 지금은 일할 때 집에 아이가 있다는 걸 까먹곤 한다.

열정 가득 만삭의 파티플래너는 그러거나 말거나 8개의 행사 모두 최선을 다했다. 다른 모든 것은 똑같았는데 다른 것이 있다면 배가 너무 나와 좁은 행사장을 다니기가 불편했다는 것 정도였다. 호텔에서 한 가족 초청 기업 행사를 했는데 의자와 의자 사이가 무척 좁았다. 무대 쪽 체크하랴 행사장 뒤쪽 체크하랴 그 좁은 의자 사이를 불룩한 배를 요리조리 방향 바꿔가며 참 열심히도 쏘다녔다.

선생님, 제 정신은 언제 돌아오나요?

그러고 보면 나는 태교로 좋아하는 일을 한 셈이다. 그렇게 사랑하는 일을 하며 2월 출산일을 맞았는데, 수술 날짜와 기업의 밸런타인데이 파티 날짜가 겹쳐버렸다. 현장에서 나를 대신할 서브 플래너를 섭외해두고 행사 기획부터 연출까지 다른 행사보다 더 치밀하게 준비했다. 그리고 행사장에 내가 없어도 아무 문제가 없게끔 미리 모든 요소를 체크하고 또 체크했다.

드디어 2월 12일, 오후 1시에 수술을 하기로 한 나는 아이를 낳는 것에 대한 걱정 반, 행사장에 대한 걱정 반이었다. 정확히 말하면 반반은 아니고 전자보다 후자에 더 신경 썼다.

그렇게 수술실에 누웠다. 그리고 새우등을 하고 전신마취 주사를 맞기 전, 의사에게 물어봤다.

"선생님, 혹시 제 정신은 몇 시쯤 멀쩡하게 돌아오나요?"

당황한 담당 의사의 모습이 역력하다. 3시간 정도라는 말을 듣고 시간을 계산해보니 아이를 낳은 후 유선으로 행사장을 체크하면 될 것 같았다. 그렇게 안도한 후 등에 주사를 맞고 정신을 놓았다.

다행이었다. 손가락 발가락 10개씩, 아무 이상 없이 아이가 태어났다. 아기 소리를 들으며 정신을 차렸을 때 끊임없이 울어대는 갓난아이와 함께 나란히 누워 있었다. '자, 그럼 이제 행사장을 체크해보자.'

"지금 포토존 다 설치되었어? 디스플레이존은? 별다른 이

슈는 없고?"

내가 마취에서 깨어나 정신을 차린 후 5분도 채 안 돼 통화한 내용이다. 이런 엄마를 보고 갓 태어난 아이는 무슨 생각을 했을까? 엄마 잘못 만났다고 생각하지 않았을까. 그렇게 움직이지도 못하는 상태에서 아무렇지 않은 척 행사장을 체크하던 이날은 개인적으로 잊을 수 없는 날이다.

출산의 위험이 있어서 일반 병원이 아닌 대학 병원에서 아이를 낳았는데, 최고의 의사가 있는 만큼 그 대가를 톡톡히 치러야 했다. 출산 후의 산모 케어가 그야말로 형편없었기 때문이다. 수술로 아이를 낳은 내 몸은 당연히 만신창이였지만, 아이의 생명까지 오롯이 엄마인 내가 책임져야 했다.

아이의 울음소리를 듣고 이게 배가 고픈 것인지, 대소변을 본 것인지, 졸린 것인지 알 수 없는 초보 엄마는 그저 울면 젖을 물려댈 뿐이었다. 그렇게 한 생명을 먹여 살리랴, 행사가 잘 진행되고 있는지 체크하랴 정신없는 날이 흘렀다. 며칠 뒤 조리원에 갔을 때 그곳에서 내 상태를 보고 깜짝 놀랐다. '아, 내가 또 내 몸은 돌보지 못했구나.'

'여자'라는 것

보통 파티라고 하면 화려하고 예쁜 것만을 떠올린다. 그리고 이런 생각이 아주 틀린 건 아니다. 하지만 그 예쁜 after가 있기까지는 고된 before가 있다. 파티플래너는 늘 예쁜 것만 만지고 우아하게 일할 것으로 생각한다면 큰 오산이다. 하루만 일해봐도 기대와는 많이 다른 현실을 바로 알 수 있다.

직접 행사나 파티를 준비해본 적이 있는 사람은 알 것이다. 얼마나 할 일이 많고 힘든지. 대체 준비할 게 왜 이렇게 많은지. 아주 작은 생일 파티만 하더라도 준비할 게 한두 가지가 아닌데 공식적인 파티나 행사라면 오죽하겠는가.

파티가 시작되었다고 그것이 끝이 아니다. 참석한 사람들이 불편한 것은 없는지, 다칠 만한 것은 없는지 수시로 체크해야 한다. 파티가 잘 끝났다는 것은 아무 문제 없이 끝났다는 것을 의미한다. 그런데 사실 이것조차 쉽지 않다. 파티의 규모가 커지면 커질수록 힘든 수위는 더 올라간다. 그래서일까. 기업 행사를 하면서 행사를 총괄하는 총감독이 '남자'가 아닌 '여자'라는 것에 놀라는 사람들이 적지 않다.

기억에 남는 피드백이 있다. 행사를 잘 마치고 나면 어김없이 후기를 요청한다. 감사하다는 후기 끝에 이런 멘트가 있었다.

'잘해주셔서 감사합니다. 그런데 여자분들이 힘쓰는 일을 하시니까 저희가 도와드려야 할 것 같아 조금 불편했어요.'

여자라서 못 한다는 말을 단 한 번도 한 적이 없고 실제로 그런 일도 없지만, 보는 사람 입장에서 그렇게 느낄 수 있다는 것에 공감했다. 여성이기 때문에 갖는 장점도 있겠지만 여성이기 때문에 갖는 약점도 있다. 그중 약해 보이는 이미지는 여성이 갖는 대표적인 약점이다. 하지만 여성이라고 여성적인 일만 할 수는 없지 않은가. 그래서 나는 여성의 약점을 보완하기 위해 힘쓰는 일이 많은 행사장에는 꼭 남자 스태프를 최소한 명 이상 쓴다.

2023년 우리가 만들었던 역대급 파티, 지스타 파티가 있었다. 이때 특히 기억에 남았던 건 양손 엄지척을 하며 외치던 "Super Woman Team"이었다. 나와 기획팀의 직원, 그리고 스타일리스트 셋이 메인으로 준비한 파티였는데, 이 모습이 외국인 참가자들에게 굉장히 인상 깊었던 모양이다. 이때 느꼈다. 여성이라서 아쉬운 점도 있지만 여성이라서 더 특별해질 수도 있다는 것을 말이다.

'나'를 판단하는 건 '나'

솔직히 말하면 나는 단 한 번도 내가 '여자'라서 어떠한 특별한 대우를 받는다거나 불이익을 당한다고 생각해본 적이 없다. 그도 그럴 것이 어렸을 때부터 그 누구에게도 여자와 남자로 구분 짓는 언행을 들어본 적이 없기 때문이다. "여자라서 안 돼!", "여자가 이래야지!", "여자니까 더 잘할 수 있어!" 같은 말을 태어나서 단 한 번도 들어본 적이 없다.

그냥 나는 여자로 태어났을 뿐이었고, 남자나 여자나 다 똑같은 인간이라고 배웠다. 그리고 그게 뭐 중요한 특징이라도 되는 양 떠들 일이 아니라고 배웠다. 그래서 나는 사람이 노력으로 성취한 것에 대해서는 인정하고 존경하지만, 어떠한 노력 없이 태어나 보니 ○○이었다 같은 것에는 아무 감흥이 없다. 특히 성별 같은 것에는 더욱 관심이 없다.

어느 날 행사장에서 직원 한 명이 이런 말을 했다.

"대표님은 여잔데도 누가 뭐라 하든 기죽지 않고 할 말 다 하며 일하는 게 신기해요. 저 같으면 주눅이 들어서 아니라고 말도 못 했을 거예요."

행사장에서 나는 늘 총대를 메는 역할이다. 행사 전체에 대한 책임을 내가 지고 있기 때문이다. 그래서 나는 누가 행사를 망친다거나 훼방을 놓으려고 하면 무슨 수를 써서라도 절대 용납하지 않는다.

행사장에서 소위 말하는 진상은 다양하다. 어느 가을날 야외의 한 공원을 대관해서 기업의 가족 초청 페스티벌을 하고 있을 때였다. 맨발로 산책하던 어떤 아저씨가 갑자기 소리를 지르기 시작했다. "여기는 시민들이 걸어 다니는 덴데 이렇게 막아놓으면 어떡해! 당장 치워!" 장소 관리인이 커피 트럭을 세우라는 곳에 세웠을 뿐인데 시민의 컴플레인이 들어오니 트럭을 이동시킬 수밖에 없었다. 그 과정에서 컴플레인을 해결하는 것도 소리 지르는 아저씨를 진정시키는 것도 내 몫이다. 때로는 잘못된 행동을 하는 사람에게 화를 내는 것도 내 몫이다.

그런데 단 한 번도 이러한 행동을 할 때 여자라서 주눅이 들거나 약했던 적은 없었다. 상황에 맞게 맞는 말을 할 뿐이고, 예의를 갖춰 말투나 태도를 취할 뿐이다. 그리고 그래서 그런지 대부분은 누그러지고 언쟁도 사그라든다.

직원의 말을 듣고 그렇게 말하는 이유를 알고 싶었다. 그 직원은 어렸을 때부터 여자는 약한 존재, 보호받아야 하는 존재로 인지하며 살았다고 한다. 내가 왜 한 번도 여자라서 주눅들었던 적이 없는지를 깨달았다. 우리 집은 엄마가 추진력이 강한 대장부 스타일이다. 그리고 아빠는 그런 엄마를 존중하고 지지해주신다. 이런 이유로 난 전형적이고 구시대적인 여자와 남자의 역할에 대해 습득할 수 있는 기회가 없었다. 참다행이다. 시간이 지날수록 감사하는 부분이다.

어떤 집단에 속해있는 여자들은 임신을 하게 되면 대부분

그 사실을 자랑스럽게 바로 이야기하지 못한다. 앞에서 이야기했듯 동료들에게 미안하고 조심스럽기 때문이기도 하고, '더 이상 일을 못 하면 어떡하지' 같은 마음이 있기 때문이다. 사회 상황이 또 그렇게 만들기도 한다.

나도 그랬다. '임신 사실을 알고도 행사를 맡길까? 이 행사를 맡길 업체 두 곳이 있는데 한 업체의 대표는 임신했고 한 업체의 대표는 아니라면? 나 같아도 신경 쓸 일이 적은 후자를 선택할 것 같다.' 이런 생각이 나를 지배했다. 그래서였을까. 내가 다시 예전처럼 하지 못하기를 바라는 사람들의 말들도 심심치 않게 들려왔다.

"김정연은 이제 끝났어. 임신했잖아! 애 낳으면 끝이지. 이제 이 일을 어떻게 하겠어."

하지만 나는 아이를 낳고 2개월 뒤, 매일 2만 보를 걷고 식단을 조절하며 임신 전의 모습으로 완벽히 돌아왔다. 이제 아이가 있는 엄마가 되어 이전에는 갖지 못한 내공도 함께 가진 채. 그렇게 나의 몰락을 예상했던 이들을 깜짝 놀라게 만들었다. 그들의 당황하던 모습이 지금도 잊히지 않는다.

'스스로 한계를 두지 않는 한, 어느 누구도 나를 판단할 수 없다.'

진심은
절벽 끝에서 알게 된다

모든 게 달라졌다

임신하고 아이를 낳기 전까지도 그랬지만 아이를 낳은 당일도 내 모든 신경은 일에 쏠려 있었다. '만약 아이를 낳고 키워야 해서 좋아하는 일을 할 수 없으면 어쩌지? 그런 상황에서 아이를 탓하지 않을 수 있을까?' 그만큼 내가 진정 원하지 않는 것은 아이 때문에 일을 못 하게 되는 상황이었다. 이제야 인정하지만 난 일중독에 걸린 환자다. (오은영 박사가 워커홀릭도 병이라고 했다.)

아이를 낳은 후 3주 만에 모유 수유를 끊고 식단을 짜서 관리를 시작했다. 그렇게 하루 700~800칼로리를 측정하며 먹었다. 하루도 쉬지 않고 수만 보씩 걸으며 임신하기 전의 몸 상태로 돌려놓기 위해 애썼다. 독하게 마음먹고 목표 달성하는 것에 익숙한 나는 2개월 만에 정확히 20킬로그램을 감량했다. 예전의 나로 다시 돌려놓은 것이다. 물론 운동으로 감량해서 그 어떤 후유증도 없었다.

'자, 이제 모든 준비를 끝냈으니 다시 일을 시작해볼까?'

그 시점이 코로나19가 우리를 위협하고 있던 2020년 5월이었다. 나는 분명 일할 준비를 마쳤는데 세상이 막고 있었다.

'행사, 축제 전면 금지!'

뉴스에 빨간 자막으로 떠 있던 이 문구를 절대 잊지 못한다.

코로나 백수가 되다

직업을 선택할 때 많은 요소를 염두에 두지만, 코로나19는 정말 상상해본 적 없는 변수였다. 선진국 후진국 할 것 없이 전 세계 모두가 공포에 휩싸여 있었다. 21세기 첨단 시대에 전염병이 돌 줄이야!

사람과 사람이 만나는 게 죄악시되는 사회였다. 행사 업계에 있는 내가 느끼기에 그 당시 모두가 우리 업계를 혐오하는 것 같았다. 행사, 축제, 파티는 생계와는 관련이 없는 것이어서 다른 업종들보다 더욱 제재가 심했다.

- 5월_코로나19가 잠잠해졌을 때 다시 기업들의 의뢰가 들어와서 미팅에 감. 그러나 단계 상향으로 줄줄이 취소.
- 10월_핼러윈이 되기도 전부터 핼러윈을 즐기다가는 진짜 고스트가 된다는 기사로 도배. 핼러윈도 안녕.
- 12월_대망의 크리스마스. 연말연시 특별 방역으로 5인 이상 집합 금지령이 내려짐. 연말연시, 넌 기대도 안 했어. 연말 행사 모두 안녕.

그렇게 나는 수입 0원의 백수가 되었다. 한순간에 직업을 잃는다는 것, 이게 어떤 느낌인지는 경험해본 사람만이 안다. 다행히 당시 바쁘게 갓난아이를 육아해야 하는 상황이었다. 그런데 그 정신없는 와중에도 이상한 곳에서 금단 증상이 생겨났다. 삶에 낙이 없어진 것이다.

파티 기획 일을 하면서 내가 만든 파티에서 사람들이 즐거워하는 모습을 보며 행복해지곤 했는데, 그 일을 하지 않으니 금단 현상으로 늘 즐거웠던 내가 우울해지기 시작했다. 산후 우울증도 아니었고, 코로나19로 집 밖에 못 나가서 생기는 우울증도 아니었다. '사람들이 행복해하는 모습을 보는 것'이 끊

겨버리니 손발이 떨리는 금단 현상이 나타난 것이다. (물론 실제로 손발이 떨리지는 않았다.)

책에서 찾은 해결책

몸이고 마음이고 진짜 많이 힘든 시간이 계속되었다. 다행인 건 힘들었던 경험이 쌓이고 쌓여 극복하는 방법을 몇 가지 터득했다는 사실이다. 그중 한 가지가 책이었다. 서점에 가서 눈에 들어오는 책을 읽으면 정말 신기하게도 방황하는 나에게 힌트를 주는 문장이 나온다.

어느 날 무작정 서점에 가서 집어 든 책이《김미경의 리부트》였다. 코로나19로 인해 오프라인 강의를 주로 해오던 저자 또한 대책을 강구하는 단계에 이르러 있었다. 그분의 책은 언제나 정확한 지침이 있어 좋다. 한 단계 한 단계 책에서 하라는 대로 내 일을 분석하기 시작했다. 코로나19가 바꿔놓은 내 일의 부분과 그럼에도 불구하고 바뀌지 않을 부분을 구분해보는 것이다.

'파티플래너라는 내 직업의 골격만 남기고 다 바꿔야 한다.'

이 공식을 하나하나 적용해 도출한 결과는 이랬다.

• 코로나19에도 변하지 않는 것은 사람들이 모이고자 하는 욕구

라는 사실.

- 경험을 하는 것의 가치는 줄어들지 않을 거라는 사실.

사실 아이를 낳기 전 이미 '소규모의 사람들이 모일 수 있는 프라이빗private한 공간에서 미치도록 하고 싶은 파티를 작게라도 기획하자'라는 생각을 했었다. 그리고 이런 생각 끝에 문득 언젠가 기획했던 개인 파티 행사가 떠올랐다. 상견례를 위해 본인의 집 루프탑rooftop에서 하는 해리포터 콘셉트의 파티였다. 이날 파티에 참석한 어른들은 기대보다 훨씬 더 행복해했다. 파티를 준비한 나에게 "너무 고마워요! 이런 파티 처음 와보는데 너무 재밌어요. 진짜 고마워요"라며 진심을 건넸다. 이 파티가 끝나고 같이 준비한 스타일리스트와 이런 얘기를 했었다.

"기업 파티만 하지 말고 개인이 파티를 할 수 있도록 한번 해보자!"

이거였다. 그리고 약 1년 뒤, 나는 파티 룸party room 임대 계약서에 사인을 하고 있었다. 한 손으로는 갓난아이의 입에 젖병을 물리고 한 손으로는 스마트폰으로 부동산 중개 플랫폼을 뒤져서 찾은 공간이었다. 어렸을 때부터 마당 있는 집에서 살아온 나는 야외 가든파티를 좋아한다. 서울에서 이런 공간은 너무 비쌌다. 그래서 야외 공간을 가든처럼 만들 수 있는 옥상을 임대해 루프탑 파티 룸으로 변신시켰다.

'진심'이 테스트에 통과했습니다

참 신기하다. 그렇게 오픈한 파티 룸은 오픈하자마자 '파티 룸 집합 금지'로 영업정지를 당했지만, 이후 봄이 되면서 정말 많은 문의와 예약이 들어왔다. '파티플래너의 파티 룸'이라는 타이틀로 시즌마다 콘셉트를 바꿔 파티를 좀 더 전문성 있게 서비스를 제공했다. 우리의 예측은 맞아떨어졌다.

즐거웠다. 행복했다. 파티 룸을 이용한 사용자들은 파티 룸에서 친구들과 생일 파티, 브라이덜 샤워bridal shower 등을 한 후 감사하다고 인증 사진을 보내왔다. 여럿이 모여 행복해하는 모습을 보니 코끝이 찡했다. 금단 현상이 없어졌다. 사람들이 파티 룸에서 행복해하는 모습을 보니 우울함이 사라지고 다시 행복함과 뿌듯함이 찾아왔다.

솔직히 말하면 이전까지는 내가 이 일을 왜 좋아하는지 스스로도 의문을 가졌다. '이 일의 어떤 면을 좋아하는 것인가? 돈을 벌어서인가? 있어 보여서인가? 예쁜 걸 보는 것에 대한 만족인가?' 나도 나를 잘 몰랐다.

코로나19가 나에게 엄청난 선물을 준 것이다. 내가 파티를 얼마나 진심으로 좋아하는지, 누군가를 위해 파티를 만드는 것이 나에게 얼마나 큰 의미와 기쁨을 주는지 소름 돋을 만큼 적나라하게 알게 해줬다. 난 정말 파티플래너라는 직업이 백 번 천 번 맞는 사람이었다. 어떤 방법으로든 누군가의 행복한 순간을 만들어주는 것이 이토록 즐겁다면 남은 인생을 여기에 올인해도 되지 않을까? 더 열심히 하고 싶어졌고 더 책임감을 갖고 싶어졌다.

때로는 의도치 않은 일로 진심을 알게 되기도 한다. 일의 진심에 대해 확고해지면 불도저처럼 밀고 나갈 힘이 생긴다.

내가 자주 언급하는 '진심'이라는 단어에는 이유가 있다. 내 마음이 진심인지를 깨닫는 데 상당히 오랜 시간이 걸렸기 때문이다. 진심이어야 재미있게 할 수 있고, 재미있어야 꾸준히 할 수 있다. 그래서 내 마음이 진심이라는 것을 확신한 이때, 이전에 없던 힘이 불끈 솟았다. 이제 그 어떤 고난에도 쓰러지지 않고 밀고 나갈 힘이 생겼다고 스스로 자부했다.

'진심은 정말 강력한 에너지원이다.'

PARTY

PLANNER

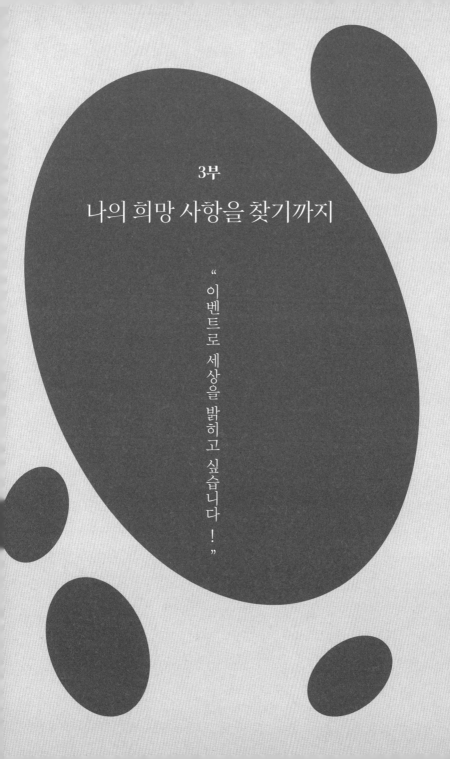

3부

나의 희망 사항을 찾기까지

"이벤트로 세상을 밝히고 싶습니다!"

◆

내가 나에게 되뇌이는 말

"Face what you're afraid of!"

"매 순간 최선을 다했으면 된 것."

"고난을 이겨내는 유일한 방법은 '진심'이다."

시작은
언제나 두려워

내 이름을 걸고 한다는 것

사업에 대한 확신을 얻은 나는 코로나19가 거의 끝나갈 무렵, 계속 미뤄왔던 일을 실행에 옮기기로 했다. 나에게 직접 연락이 오는 클라이언트와만 일을 하기로 한 것이다. 이것은 내가 이 일에 진심인 것을 확인한 덕분에 낸 큰 용기였다. 그렇게 사업자등록증상의 상호를 그동안 하고 싶었던 이름으로 변경하고, 다시 새롭게 시작하는 출발선에 섰다.

이제부터는 마케팅에서 영업까지 오직 우리 이름으로 다 해야 했다. 물론 계속 해오던 일이긴 했지만, 두려운 마음이 드는 건 사실이었다. '당장 일이 안 들어오면 어떡하지?' 하면서도 한 발짝 나아가야만 성장할 수 있을 것 같았고, 무엇보다 정말 '최선'을 다해보고 싶었다. 내 안에 떠오르는 모든 아이디어를 현실에서 시도해보고 그것에 대한 반응도 보고 싶었다. 결과가 좋지 않아도 정말 최선을 다했다면 거기에서 또 개선점을 찾을 수 있을 것 같았다.

하지만 여전히 두려웠다. 이토록 사랑하는 일을 다시 할 수 없을 수도 있다는 두려움이었다. 의뢰형으로 기업, 기관, 브랜드의 파티와 행사를 만들어왔는데 아무도 의뢰하지 않으면 사실상 일을 하고 싶어도 할 수 없는 것이었다.

미친 듯이 두려울 때

내 인생 문장 중 하나가 'Face what you're afraid of!'다. 우리말로 하면, '두려운 것에 맞서라' 정도가 될 것이다. 두렵다고 모른 척 못 본 척 피하지 말고 맞서야만 해결된다는 의미다. 말은 쉬운데 실제 가장 어려운 일이 이것 아닐까.

최근에도 두려운 일이 있었다. 새롭게 마케팅팀을 채용하는 것이었는데, 작은 회사에서 인건비가 훅 늘어나는 것은 대표 입장에서 덜컥 겁이 나는 일이다. 그렇게 한 일주일을 고민하다가 결국 채용을 확정했다.

이때 내 머릿속에서 맴돌았던 꼬리에 꼬리를 무는 생각들을 정리해보면 이렇다.

어차피 시도해보지 않으면 결과를 알 수 없다. (계속해서 그걸 시도해봤다면 어땠을까, 하고 후회만 하겠지…) 그리고 시도해보지 않고는 앞으로 나아갈 수 없다. 또 무엇이든 그 경험으로부터 얻는 것이 있고 배울 것이 있다.

돌이켜보면 가장 두려웠던 순간이 가장 크게 성장한 순간이었다. 이건 여러 번의 경험을 통해 믿을 수 있게 된 나의 확신이기도 하다.

우리의 이름이 가치 있어지는 순간

누구나 어떤 이름을 지을 때 엄청나게 고민하지만, '애플'의 이름이 애플apple이어서 멋진 게 아니란 것을 알고 있다. 그럼에도 불구하고 매번 네이밍을 할 때가 오면 머리를 싸매고 고민을 한다. 나도 우리의 회사 이름을 지을 때 엄청 고민을 많이 했다.

Event+틔움=EventiuM

이렇게 '이벤티움'이 되었는데, 이 이름이 진짜 빛나는 건 우리가 아닌 다른 사람들이 이 이름을 불러줄 때다.

2022년 6월, 한 기업의 옥상에서 페스티벌festival 콘셉트의 축제가 끝나고 사회자의 마이크를 통해 이런 멘트가 울려 퍼졌다.

"오늘 이 멋진 축제를 준비하느라 고생하신 이벤티움! 수고 많으셨습니다."

그리고 행사장을 가득 채운 사람들의 박수가 이어졌다. 구석에서 쓰레기를 정리하고 있던 내 심장이 '쿵' 울렸다. 준비하느라 고생했던 시간이 스쳐 가며 '울컥'했다.

행사장에서 마이크를 통해 울려 퍼진 '이벤티움'이라는 이름이 얼마나 감동으로 다가왔는지 모른다. 인생의 영화 같은 순간이 있다면 이런 순간이 아닐까. 우리의 이름이 의미 있어지는 순간이었다.

회사명은 이벤티움, 로고는 이벤티움의 E와 M을 모티브로 한 선물을 상징한다. 그런데 이런 게 뭐가 중요할까. 그저 사람들 기억에 남는 순간순간들이 멋지고, 그 뒤에 우리가 있으면 그걸로 우리의 이름은 빛나는 게 아닐까.

언제나 무대 뒤에서 누군가의 행복을 만들어주는 '이벤티움'이 되고 싶다.

최선을 다하면
기적도 일어난다

"추천받고 연락드렸어요!"

어느 날 국내 굴지의 엔터테인먼트 회사로부터 연락을 받았다. 미팅을 가면서도 의아했다. '우리 같은 작은 업체를 어떻게 알게 되었을까?' 미팅에서 이벤티움을 어떻게 알게 되었는지 그 경위를 들을 수 있었다.

앞에서 언급한 축제를 함께한 담당자가 이직을 했고, 이직한 회사에서 행사가 필요할 때 잘하는 업체가 있다며 이벤티움을 해당 행사 담당자에게 소개했던 것이다.

비싼 광고를 하지 않아도 월에 두세 건 이상은 추천으로 연락하는 기업들이 있다.

"○○ 기업 패밀리데이 행사하신 이벤티움 맞나요? ○○○ 대리님이 그 행사 너무 잘해주셨다고 해서 추천받고 연락드렸어요!"

"안녕하세요. 이벤티움인가요? 지난주 ○○ 기업 행사에 초청받아서 갔었는데 진행을 체계적으로 잘해주시는 것 같아서 업체 연락처를 요청했어요!"

우리는 늘 믿고 맡긴 행사에 최선을 다했을 뿐인데 그것이 계속해서 더 큰 복이 되어 돌아왔다. 매 순간 최선을 다하는 것, 그것만큼 운 좋은 결과를 가져오는 것도 없다.

해결사가 되다

파티의 모든 과정이 기업과 기업의 계약을 통한 업무 같지만, 사실은 사람과 사람이 머리를 맞대고 힘을 합치는 일련의 협업 과정이다. 이벤티움으로 전화를 걸어오는 사람은 대부분 기업의 행사 담당자다. 요즘은 컬처팀, 피플팀 등으로 불리는 인사팀이거나 마케팅팀 소속의 직원이다. 그리고 전화를 해서 하는 말을 들어보면, 세부 내용은 모두 다르지만 분위기는 사뭇 유사하다. 바로 '막막함'이다.

여기에서 막막함이란, 회사의 행사를 담당하게 되었는데 동료들은 원하는 사항들이 많고 어떻게 준비해야 할지 모르는 상황이다. 그러므로 하나하나 육하원칙에 근거해 내용을 묻고, 내 모든 경험을 녹여 정성스러운 조언을 한다. 대면 미팅을 원하면 회사로 찾아가 얼굴을 보고 이야기를 나눈다. 막막한 상태에서 풀어놓은 모든 니즈들을 하나의 파티로 귀결한 기획안을 송부한다.

지난겨울, 처음으로 진행하는 크리에이터 어워즈 파티에 막막함과 걱정이 많은 담당자가 있었다. 미팅을 2시간 넘게 이어가며 걱정되는 부분이나 원하는 바를 모두 다 경청하고 노트했다. 그리고 3일 정도 지나 기획안을 완성해 보냈다. 전화가 와서는 "대표님 덕분에 이제 좀 할 수 있을 것 같다는 생각이 들어요" 했다. 그리고 이 파티는 초대받은 사람들이 오지 않으면 어떡하지 했던 고민이 무색하게 많은 사람이 참석했다. 행사가 성공적으로 종료된 후 우리는 "다음엔 어떤 것으로 더 멋지게 해볼까요?"라는 이야기를 나눴다.

어디에서 어떻게 해야 할지 모르겠고 무언가는 해야 하는 상황일 때 미팅에서 내가 꼭 묻는 질문이 있다. "이 파티에 오신 분들이 어떤 느낌을 갖고 돌아가시면 좋으시겠어요?" 이게 파티의 목적이다. 콘셉트나 공간 같은 것들은 이 목적에 맞춰 '기획'하면 되는 것이다. 이렇게 쉽게 물으면 담당자도 솔직하게 말한다. 그러면 이 목적을 달성하기 위한 세부 기획, 다시 말해 어떤 공간에서 할지, 어떤 콘셉트로 할지, 어떤 프로그램을 할지 구상하게 된다. 따라서 우리가 내는 기획안은 모든 걱정거리의 해결책이라고 보면 된다. 그래서 만족도가 높은 것 같다.

매번 파티가 끝나고 나면 클라이언트에게 후기를 요청한다. 그리고 한 줄 한 줄 적어 보내는 내용에서 개선할 점을 찾는다. 그런데 모든 후기에 공통적으로 들어 있는 문장이 있다.

'처음이라 걱정이 많았는데 이벤티움 덕분에 잘할 수 있었습니다.'

'오프라인 행사는 처음이라 어떻게 해야 할지 막막했는데 이벤티움 덕분에 성공적으로 끝마칠 수 있었습니다.'

이렇게 막막하고 막연한 상태에서 시야가 트이도록 도움을 주는 게 우리라니! 내가 입꼬리를 올리며 웃을 때가 이런 때다.

두려움이 확신으로

6월 루프탑 페스티벌, 7월 와인 페스티벌, 그리고 8월과 9월… 내 걱정과는 달리 계속해서 일이 끊이지 않았다. 신기했다. 몇 년 전에 블로그를 보고 연락했던 I 호텔의 매니저는 무려 6년 만에 연락을 했다. "3년 전 사명이 바뀌기 전에 플래너님이 너무 잘해주셔서 연락처를 뒤져 연락을 했습니다!" 참 감사하고 반갑기 그지없는 전화였다. 이때 한 번 더 다짐했다.

'그래, 조급해하지 말고 하나하나에 최선을 다하자. 그러면 지금처럼 좋은 인연들이 이어져 계속 내가 좋아하는 이 일을 해나갈 수 있을 거야.'

사실 우리 회사를 이미 알거나 믿음이 있는 상태에서 의뢰를 하면 조금 수월하다. 하지만 그렇지 않은 경우도 있다. 여러 업체에 연락을 하고 그중 한 곳을 선정하기 위한 단계라면 더욱 그렇다. 명함 한 장 달랑 들고 첫 미팅에 가면 '이 사람이 우리 행사를 잘해줄 수 있을까?' 긴가민가하는 눈빛과 함께 미팅이 시작된다. '중요한 행사인 만큼 걱정이 많겠구나!' 이렇게 이해하면서 경청하고 또 경청한다. 우리는 우리가 할 수 있는 부분들을 담아내고 공유하면 된다. 비어 있는 공간에 어떤 그림을 그리면 좋을까를 고민하며 2시간이 넘도록 이래저래 실측을 계속한다. 이런 모습을 보고는 "아까부터 지금까지 실측하신 거예요?"라며 놀란다. 그러면 조금은 경계심을 풀고 마음을 여는 게 느껴지기도 한다.

클라이언트인 기업에서 이번 행사를 성공적으로 만들고 싶은 마음의 정도가 100이라면 우리도 정확히 그 수치가 100이다. 여러 개의 행사를 한다고 해서 어느 것 하나 80점, 90점으로 끝나는 것은 용납할 수 없다. 완벽하게 원했던 목적이 달성될 수 있도록 누구보다 최선을 다한다. 그래서 우리는 원 팀이다. 기업과 이벤티움은 계약서만 갑과 을로 작성할 뿐, 그야말로 한 팀이 되어 의논하고 고민하고 노력한다. 그리고 디데이에 게스트를 집에 초대한 호스트의 마음으로, 따뜻한 얼굴과 친절한 태도로 손님들을 맞이한다.

수많은 업체와 일하면서 느낀 점이 있다. 어쩌면 당연한 의무일 수도 있지만, 생각보다 '진심'과 '열정'을 가지고 일을 하는 사람이 별로 없다는 것이다.

행사가 끝나고 나면 '왜 이렇게 우리에게 진심으로 감사하다고 하는 거지? 우리가 더 감사한데!' 할 때가 많다. 아마도 행사를 준비하는 한두 달여의 과정 동안 우리가 진심과 열정으로 임하는 것을 느꼈기 때문이기도 하겠지만, 그만큼 보기 드문 현상이기도 해서 그런 것 같다.

지스타라고? 말도 안 돼!

어느 날 전화가 왔다. 게임 업계의 회사에서 11월 부산에서 하는 애프터 파티를 문의하는 내용이었다. 파티 업계에서 일한 지 수년이 되었지만, 이때 지스타 애프터 파티가 파티 업계에서 얼마나 핫한지 처음 알게 되었다. 국제 게임 콘퍼런스 지스타G-STAR, Game Show & Trade, All-Round는 전 세계의 게임 업계 종사자들이 참여하는 어마어마한 규모의 이벤트다. 매년 11월 부산에서 개최된다. 부산 벡스코에서 열리는 콘퍼런스가 끝나고 나면 해운대 일대에서는 곳곳에 게임 업계 회사들이 주최하는 파티들이 하나둘 시작된다.

문의를 한 I 기업 담당자의 니즈는 곳곳에서 파티가 열리는데 자신들의 파티에 가장 많은 사람이 오게 해야 한다는 것이었다. 심지어 바로 옆의 다른 기업이 주최하는 파티에는 가수 싸이를 섭외해놓았다고 했다.

'우리에게 의뢰한 만큼 일대에서 가장 인기 있는 파티를 기획해야 해!' 또 어마어마한 책임감과 승부욕이 올라왔다. 3층 짜리 건물을 통으로 대관해서 진행하는 파티인 만큼 공간과 목적에 어울리는 테마로 성심성의껏 기획안을 작성해 보냈다. 그러고 나서 지스타에 대해 알아보니 대부분의 남자들이 너무나 당연하게 알고 있는 이벤트인 듯했다. 함께 일하는 스타일리스트의 남편은 "정말? 지스타 파티를 할 수도 있다고? 설마!"했다고 한다. 굉장한 파티임은 확실했다.

기획안은 보냈지만 여러 업체를 비교할 것으로 생각해 큰 기대는 하지 않았다. 그러다 두 번째 미팅을 요청해왔다. 이때

"혹시 저희와 진행하는 것일까요?"라고 물었다. "네. 현재 이벤티움만 접촉하고 있습니다." 이 답변을 듣고 얼마나 환호성을 질렀는지….

"진짜! 우리가 이걸 한다고!"

산 넘어 산

부산의 현장 답사를 마치고 장소와 목적에 어울리는 2차 기획안을 보냈다. 장소가 넓은 만큼 안전과 연출 환경 등 모든 것을 고려해 하나의 콘셉트에 맞게 제안하는 과정은 생각보다 오래 걸렸다. 하나하나 디테일을 체크하고 변경되는 내용에 따라 비용이 달라졌다. 밤낮으로 이어지는 화상회의에서는 기업 측 담당자와 우리 팀 모두 늘 초췌한 얼굴이었다. 그리고 드디어 최종 콘셉트가 정해졌다. 장소 분위기에 어울리는 약간의 핼러윈이 가미된 콘셉트였다.

드디어 콘셉트가 확정되고 계약서를 작성하려고 하자 더욱 복잡한 절차가 시작되었다. 여러 개의 회사에서 하나의 파티에 n분의 1을 해 비용을 지급하기 때문에 계약서를 여러 개로 작성해야 했다. 그리고 어떤 회사는 계약서를 영어로 쓰지만, 또 어떤 회사는 한글로 쓰는 등 각 회사마다 규정이 달랐다. 심지어 비용이 지급되는 화폐도 달랐다. 이 한 건의 파티를 위해 만든 한·영 계약서, 인보이스, 내역서 등만 해도 수십 개에 달했다. 그야말로 컴퓨터에 폴더 안의 폴더들로 가득 찼다.

어쨌든 계약서 등 관련 문건은 무엇보다 중요한 사항이었다. 이미 한 번의 경험으로 계약서 한 줄 한 줄의 중요성을 알고 있기도 했다. 영문으로 보내준 계약서를 번역 전문업체에 의뢰해 번역한 다음 법적 타당성과 우리가 손해 볼 조항은 없는지를 꼼꼼히 살폈다. 이 일련의 과정은 정말 역대급으로 힘들고 고된 시간이었다. 그리고 그렇게 모든 내용이 확정되었다.

'그래, 힘들었어도 이제 다 됐다! 지금부터 준비만 잘하면 되겠다!'

그때가 2022년 10월이었다.

어떻게 이런 일이

전날도 밤까지 이어진 작업으로 피곤한 상태였다. 겨우 눈을 떠 습관처럼 핸드폰을 봤을 때 믿을 수 없는 기사들이 포털 전면을 도배하고 있었다. 바로 이태원 참사였다. 이게 정말 우리나라에서 일어난 일이 맞는지, 어떻게 이런 끔찍한 사고가 일어날 수 있는지 믿기지 않았다. 개탄스럽고 억울한 분김이 속에서부터 미친 듯이 올라왔다. 그렇게 어안이 벙벙한 채로 한참을 멍하니 있었다.

더 속상한 건 '파티'를 좋아해 그날 거기에 갔던 이들에 대한 날 선 댓글들이었다. 그날 그렇게 수많은 '파티를 좋아하는 이들'이 참사를 당했는데 단지 '파티'하기 위해 모였다는 것만으로 말도 안 되는 비판과 조롱이 이어졌다.

파티플래너로서 가장 먼저 화가 난 부분은 이렇게 많은 인파가 몰리는 행사에 안전을 책임지는 기관·업체·담당 부서 등이 없었다는 사실이다. 아무리 작은 파티여도 안전 인력, 보안 인력, 응급 구조대 등 규모에 맞는 안전 대책을 수립하고 거기에 대한 책임을 지는 게 원칙이다. 그런데 그날은 이태원 일대 곳곳에서 핼러윈 행사로 인파가 몰렸지만, 이 전체를 안전하게 운영하고 책임지는 담당 기관은 없었다. 책임 소재를 명확히 하는 것은 행사를 준비할 때 언제나 제일 먼저 중요하게 여기는 요소다. 많은 변수로 문제가 일어날 수는 있지만, 그에 대한 책임 소재를 명확히 해놓음으로써 사고를 미연에 방지해야 하기 때문이다. 또 만에 하나 문제가 발생했을 때 책임자가 주체적으로 빠르게 해결할 수 있도록 하기 위함이기도 하다. 이것을 놓쳤다니, 정말 말도 안 되는 일이었다.

두 번째로 화가 난 부분은 죄 없는 피해자들에 대한 개념 없는 비판이었다. 우리나라에서 '파티'라는 것이 대체 어떤 이미

지길래 이렇게 말도 안 되는 공격을 하는 것일까. 만약 그들이 공부하러 모였거나 공연을 보러 모였다가 사고를 당한 거였다면 사뭇 반응이 달랐을까. 사고의 원인에 집중하지 않고 단지 '놀러' 가다가 다친 것이라는 이유로 피해자들을 공격하는 것이 도무지 이해가 되지 않았다.

특히 나는 '파티를 사랑하는 이들'이 안타까운 사고를 당한 것이 더욱더 비통했다.

받아들이고 이겨내기

말로 다 표현할 수 없는 비통한 마음으로 멍하니 며칠을 보냈다. 당시의 사고는 내 인생에서 본 어떠한 것보다 충격적이었고, 내가 일하고 있는 업계와 관련이 있어서 그런지 오랫동안 가슴에 남았다. 파티의 요소 중 하나인 드레스 코드를 하고 사고를 당한 모습들이 특히 나를 더 아프게 했다. 정말 아무것도 하고 싶지 않았다. 그러면서 한편으로는 내가 맡은 프로젝트가 걱정이 되었다.

'이렇게 힘든 과정을 다 진행했는데 파티가 취소되면 어떡하지?'

몇 년 전, BMW 프로젝트를 하는 동안 발생한 화재 사고로 행사를 갑자기 취소하자고 해 얼마나 힘들었던가. 코로나 때도 사람들이 모일 수 없어 우리 업계에서 사라진 업체들이 얼마나 많았던가. 이런 생각들이 불현듯 떠오르며 또 불안해지기 시작했다.

다행히 2주 이후의 일정이라 진행은 하되, 기존에 핼러윈 느낌을 주는 콘셉트를 완전히 변경해야 했다. 전체적인 프로그램은 유지하면서 분위기를 바꿔야 하는 과정이었다. 준비 시간도 2주밖에 남지 않은 시점이었다. 그리고 그때부터 다시 매일 밤낮으로 이어지는 화상회의가 시작되었다. 그렇게 긴 시간 동안 고민해서 결정된 콘셉트를 다시 바꿔야 했을 때 그 암담함이란…. 그러나 어쩔 수 없는 일이었다. 머리를 맞대고 같이 고민한 끝에 '캠핑' 콘셉트로 결정했다.

잠 한 번 제대로 자는 날 없이 분주하게 준비에 들어갔다. 그 노력이 드러난 건지 파티 당일, 감사하게도 해운대 일대에서 압도적으로 많은 참가자가 참여한 파티로 기록되었다.

이때 이 모든 과정을 진심으로 임한 우리에게 감동을 받은 클라이언트는 '믿고 가는 이벤티움'으로 우리를 불러주며, 이후 모든 파티를 이벤티움과 함께하고 있다. 늘 새로운 콘셉트를 시도하는 멋진 기업 덕분에 우리도 함께 성장하고 있음에 감사하다.

고난을 이겨내는 유일한 방법

파티를 준비하는 우리의 모습을 본 외국인 참가자들은 엄지척을 한 채 "Super Woman Team!"을 외쳐 우리를 치켜세웠다. 파티 내내 1, 2, 3층을 오가며 진심으로 행사 운영에 임했다. 지금 생각해도 그 힘들었던 시간을 어떻게 버텼을까 싶다. 힘든 과정을 버티며 좋은 결과를 만들어낸 답을 굳이 찾자면 '진심'이다.

기업의 파티는 곧 우리의 파티이기도 하다. 어떤 예상치 못한 변수가 발생해도 이 파티를 성공적으로 끝내고 싶은 진심이 있기에 주어진 환경에서 최선을 다한다. 멘탈, 체력 등 무너질 수 있는 것들을 애써 부여잡으며 '진심'을 다하는 것이다. '돈만 벌면 되지', '이 정도 했으면 됐지 뭐' 이런 마음이었다면 절대 못 나왔을 결과들을 많은 이들의 진심이 모여 이뤄내는 중이다.

고난을 이겨내는 유일한 방법은 '진심'이다.

오직 나만이
할 수 있는 일

늘 총대를 메는 총감독

이태원 참사라는 이슈가 있기도 했지만, 2022 지스타 파티를 치르며 우리는 무엇보다 안전을 최우선으로 했다. 사전에 인파가 몰리는 것을 철저히 대비했고, 인원을 제한하며 입장을 시켰다. 층마다 안전 요원과 보안 요원을 배치해 무전기로 소통했다.

아무 사고 없이 파티가 성황리에 끝나갈 무렵이었다. 파티장 앞쪽에는 파티에서 나온 사람들이 삼삼오오 모여 이야기를 나누고 있었고, 나는 3층에서 안전 체크를 하고 있었다. 그때 기업의 담당자가 다급하게 나를 찾았다.

"대표님, 경찰이 왔어요!"

부리나케 건물 밖으로 나가보니 경찰차가 요란하게 서 있고 경찰들이 여기저기 둘러보고 있었다. 파티 참가자들도 하던 이야기를 멈추고 무슨 일인가 싶은 얼굴들이었다. 갑자기 주변은 무슨일이라도 일어난 듯 뒤숭숭한 분위기가 되어버렸다.

"안녕하세요! 제가 총책임자입니다. 혹시 무슨 일일까요?"

"지금 이태원 참사 사건으로 인파가 몰리는 것에 대해 우려가 많습니다. 시에서 여기를 감시하라고 해서 왔습니다."

사실 이날이 파티플래너로서 현장에서 경찰을 마주한 첫날이었다. 여러 명의 기업 관계자들이 우려스러운 눈빛으로 나를 쳐다보고 있었다. 그리고 나는 경찰들과 협상 아닌 협상을 하고 있었다.

"너무나 이해합니다. 저희도 그래서 지금 철저하게 안전 관리를 하고 있고, 곧 끝낼 예정입니다."

경찰들은 내 말의 신빙성을 믿었는지 그저 알겠다는 말만 하고는 바로 자리를 떠났다. 사고 우려가 없다는 것을 확인하고 자리를 떠나는 경찰차의 뒷모습이 꽤 인상적이었다. 그리고 경찰을 대하는 내 모습을 '믿음' 자체로 바라보던 기업 관계자들의 눈빛도 잊을 수가 없다. (이날 이후로 믿고 가는 이벤티움으로 인정받아 수회의 해당 기업 파티를 이벤티움이 주관하고 있다.)

총대를 메는 현장 총감독인 파티플래너는 늘 이렇게 위기 상황에 나타나 클라이언트와 파티의 참가자들을 보호해야 한다.

사실 저는 평화주의자입니다만

2023년, 2개의 파티가 같은 날로 겹친 날이 있었다. 내가 다른 하나의 현장에는 갈 수 없어 기획팀 직원에게 해당 현장을 총괄해야 하는 역할을 부여했다. 그때 이 직원이 이렇게 말했다.

"와! 저 이제 정말 매일 화내는 방법을 연습해야겠어요!"

"뭐? 내 역할을 대신하는 건데 왜 그게 화를 내야 되는 일이야?"

웃픈 에피소드이긴 하지만, 현장에서 늘 총대를 메는 내 모습이 화를 내는 것으로 자주 비쳤기 때문에 나온 말이다. 난 사실 극도의 평화주의자다. 싸우는 소리에도 힘들어하는 평화주의자고, 싸우기 싫어서 혼자 연을 끊어버리는 소심한 평화주의자다. 그러나 현장에서는 총책임자에 걸맞은 역할을 해야 하므로 총대를 메고 맞서 싸울 수밖에 없다.

행사 현장의 안전과 평화를 지키기 위해 나는 늘 다음과 같이 노력한다.

첫 번째, 우선 상대의 말을 충분히 경청한다. 두 번째, 상대방 입장에서 그럴 수 있다고 인정하며 적극 공감한다. 세 번째, 예의 바른 태도와 말투로 서로 허용할 수 있는 대책을 협의한다.

이렇게 세 단계로 대응하면 대부분 언성이 낮아지고 평화가 찾아온다. 학창 시절에 친구들이 고민 상담을 잘해준다고 카운슬러counselor가 되어 보라고 했었는데, 그런 스킬을 현장에서 쓰고 있는 것 같다.

평화주의자가 진짜 화가 날 때도 있다. 이벤티움의 직원, 파트너, 함께 일하는 누군가를 제3자가 함부로 대할 때다. 직업에는 위아래가 없다고 생각하는데, 어떤 이유인지는 몰라도 행사 현장에서 일하는 사람들을 가끔 무시하는 사람들이 있다. 이런 건 절대 참고 볼 수가 없다. 그런 일이 있을 때마다 적극 나서는 나를 보고 "대표님, 너무 든든해요"라며 감동하는 귀여운 직원들에게 난 언제나 든든한 '지킴이'로 남고 싶다.

우리만이 할 수 있는 것

어느 날 비딩 PT를 마쳤을 때 해당 기업 임원이 궁금하다는 듯 물었다.

"보통 비전 선포식이라고 하면 무대에서 '빠박!' 하는 걸 제안하는데, 이벤티움은 이렇게 아기자기한 걸 하는 이유가 있나요?"

"아, 혹시 상무님이 말씀하시는 '빠박!'이 무엇인지 알 수 있을까요?"

"아니 뭐 무대에서 폭죽도 터지고, 현수막 착 내려오고, 북도 치고… 그런 걸 해야 직원들이 회사에 대해서 inspired 될 수 있지 않나요?"

"음… 회사의 비전을 새로 선포하는 자리에서 어떻게 해야 더 직원들이 inspired 될 수 있는지에 대해 저희도 늘 고민이긴 한데요. 무대 위에서 화려한 퍼포먼스를 일방적으로 보는 것이 직원들에게 감흥을 줄까요? 아니면 새롭게 시작하는 회사의 이벤트에서 서로 몰랐던 직원들과 눈 맞추고 이야기하며 우리는 '하나'라는 느낌을 받는 것이 더 마음에 남을까요?"

그렇다. 우리는 무대 위에서 일방적인 공연을 하는 것을 별로 좋아하지 않는다. 공연이나 퍼포먼스를 하더라도 관객과 직접적으로 눈 맞추고 교감하는 방식을 좋아한다. 스스로가 주인공이 되어 직접 참여하는 능동적인 경험을 이끌어내는 이벤트를 좋아한다는 이야기다.

그래서 리조트의 야외 광장 페스티벌에서는 관객석 사이

를 오가는 무용수들의 공연과 악기를 연주하는 퍼레이드형 공연을 기획했다. 이 행사 사진을 보고 다른 기획사들도 많은 영감을 받았다고 들었다. 이것은 우리가 추구하는 가치가 그대로 반영된 결과다. 그리고 이게 우리가 나아가고자 하는 방향이다.

이벤티움은 보통의 이벤트 기획사와는 다르다. 알고는 있었지만, 이날 상무님의 감사한 피드백 덕분에 더욱 확실히 알게 되었다.

우리의 색은 무엇일까?

가끔 궁금해진다. 파티플래너로서, 한 회사의 대표로서 우리가 경쟁업체와 확연히 구분되는 특징은 무엇일까? 우리를 찾는 이들은 어떤 부분에서 매력을 느낀 걸까?

2024년 3월, 이 글을 쓰고 있는 현시점에서 우리는 굉장히 고무적인 나날을 보내고 있다. 많은 기업이 4, 5, 6월 축제나 파티 등을 앞두고 RFP를 보내왔다. 행사에 대해 간략한 니즈를 정리해서 보내주고 이에 대한 제안서를 보내달라고 요청하는 것인데, 우리는 3월 한 달 내내 우리가 하게 될지 안 하게 될지도 모르는 상황에서 정말 많은 기획안을 작성했다.

물론 이벤티움과 함께하고 싶다고 미리부터 날짜를 선정해서 찜해 놓은 감사한 기업도 있지만, 요즘 기업들의 규정상 무조건 3개 업체의 제안서는 비교해야 한다는 곳이 많다. 미확정인 상태지만, 기획안을 작성하다 보면 그 기업에 대해 낱낱이 공부하게 된다. 어떤 일을 하는 회사인지, 어떤 가치를 중요시하는지, 이번 행사에서는 어떤 점이 가장 이슈인지를 파악해야 좋은 기획이 나올 수 있기 때문이다.

5월은 가족 초청 이벤트가 압도적으로 많다. 그리고 가족들을 회사에 초대하는 것인 만큼 임직원으로서는 회사에 대해 긍정적인 이미지를 갖게 하고 싶은 경우가 많다. 가족들이 우리 엄마, 아빠, 자녀가 다니는 회사를 자랑스러워하길 바라서 그럴 것이다. 가족의 입장에서는 우리 엄마, 아빠, 자녀가 무슨 일을 하는지 궁금할 것이다. 그래서 우리는 기업에 대해 열심히 공부하는 것부터 시작한다.

그러다 보니 프로그램 하나, 이벤트 하나, 포토존 하나도 여러 개의 패밀리데이 행사 기획안에서 겹치는 것이 있을 수 없다. 그래서일까. 비딩한다고 공지했던 7~8개의 기업에서 1개 정도를 제외하고 모두 이벤티움을 선택했다. 그간의 포트폴리오와 세부적인 내용들까지 꼼꼼히 확인하고 비교한 결과였기에 과정은 힘들었지만 더욱 뿌듯했다. '그래, 이렇게 가면 되겠구나.'

얼마 전 모 기업의 요청으로 미팅에 참석했다. 담당자는 솔직히 말하겠다며 사실 여러 업체에서 워크숍 기획안을 이미 받아봤다고 했다. "그런데 너무 진부하고 획일적이라 공장에서 찍어낸 것 같았습니다. 이벤티움은 그렇지 않은 것 같아서 연락했습니다." 우리는 미팅에서 오고 간 내용을 노트하고 기업의 코어 밸류core value 등을 파악한 후 모든 것을 유기적으로 연결시키는 콘셉트를 기획했다.

며칠 후 이벤티움과 행사를 함께하겠다고 회신이 왔다.

'진심'은
'나'에게서 나온다

파티 덕후의 파티 기획

파티가 무엇일까?

여러 사람이 모여서 긍정적인 상호작용을 하는 자리가 파티라고 생각한다. 그리고 거기에 예쁜 연출과 맛있는 음식이 더해진 시간이 바로 파티 타임이다.

그렇다면 다음은 누구의 이야기일까?

• 많은 사람이 모인 곳에서 에너지를 받는다.

• 새로운 사람들과 이야기 나누고 배울 점을 찾는 것을 즐긴다.

- 예쁜 공간의 인테리어, 예쁜 옷, 예쁜 소품을 좋아하고 이런 예쁜 것들을 보며 힐링한다.
- 맛있는 술과 음식을 사랑한다.

바로 내 이야기다. 이렇게 파티의 모든 요소를 좋아하는 나는 진정한 파티 덕후다. 어렸을 때부터 파티를 즐겨하던 나는 어른이 되어 파티 기획자가 되었다. 좋아하는 것을 일로 하게 되면 싫어진다는 이야기도 있지만, 전혀 그렇지 않다. 오히려 모든 면에서 유리하게 작용한다고 생각한다. 평소 좋아해서 경험하는 것들이 고스란히 기획의 아이디어가 되기 때문이다.

2023년에 세계 3대 축제를 보기 위해 프랑스 니스Nice에 방문했다. 니스 카니발을 본 후 망통 레몬 페스티벌Lemon Festival Menton의 퍼레이드형 퍼포먼스를 보러 갔는데, 한 명 한 명 관객과 눈을 맞추는 순간이 인상 깊었다. 여기에서 영감을 얻어 그해 여름, 삼척 페스티벌의 무용 공연과 퍼레이드형 공연을 기획했다. 무용수들을 섭외해 기획 회의를 하면서 BGM 하나, 의상 하나까지 일일이 신경 쓰며 준비했다. '정말 이게 잘 나올까?' 걱정한 게 무색할 정도로 아름다운 하늘 뷰로 펼쳐진 퍼포먼스에 짜릿한 전율을 느꼈다.

2024년 올해는 호주 브리즈번Brisbane의 Eat Street Festival에

참석했다. 이 페스티벌의 신나는 분위기에 매료되어 꼭 이런 행사를 만들고 싶었다. 그로부터 3개월 뒤, 강남구의 한 기업 옥상의 루프탑 페스티벌에 Eat Street Festival을 모티브로 한 우리 기획안이 선정되었다. 이 아이디어가 현실이 되는 그날이 벌써 기다려진다.

파티 덕후는 이렇게 하고 싶은 파티를 기획하고, 그 파티에서 행복해하는 사람들을 보며 대리 만족을 얻고 있다. 그저 좋아하는 것들로 일상을 채워갈 뿐인데, 그것들이 또 아이디어가 되어 다시 일로 이어지는 선순환은 '좋아하는 일을 하는 사람'의 특권이 아닐까. 앞으로도 더 많은 여행, 경험을 통해 힐링과 아이데이션ideation을 동시에 얻고 싶다.

엄마가 만드는 패밀리데이

엄마가 되어 보지 않고는 엄마의 마음을 알 수 없다. 엄마가 되고서야 비로소 이 진부한 명언이 진리임을 깨달았다. 파티플래너 8년 차, 어느덧 5세 아이의 엄마가 되었다. 패밀리데이 행사장에서 나도 모르게 아장아장 뛰어다니는 아이들을 하트 눈으로 바라보곤 한다. 그리고 그때만큼은 전형적인 엄마의 관점으로 모든 것을 살피게 된다.

엄마의 역할을 하며 파티플래너로 살아가는 삶은 쉽지 않다. 아이가 있지만 하고 싶은 일은 여전히 많아서 비교적 아이에게 충분한 시간을 쏟지 못한다. 그래서 평일에는 시어머니의 도움을, 주말에는 남편의 도움을 받아 일할 시간을 확보하고 있다. 정말 감사하게도 나의 일과 꿈을 적극적으로 지지해주는 가족 덕분에 계속해서 나의 사업은 성장해가고 있다. 하지만 늦은 새벽 집에 들어와 자는 아이를 안은 채 미안함의 눈물을 흘리는 것도 하나의 루틴이 되었다. 아이는 엄마의 미안함을 아는지 모르는지 예쁘게 자라고 있지만, 간혹 엄마에게 "엄마 회사 가지 마! 나랑 있어!"라고 고함을 쳐 나를 아프게 한다. 이럴 때마다 내가 할 수 있는 건 문을 열고 나가다 다시 들어와 안아주는 것뿐이다.

　가끔 직업에 대해 인터뷰를 제안받는다. 그러면 나도 모르게 나중에 커서 엄마의 인터뷰를 찾아볼 아이의 모습을 먼저 떠올리게 된다. 그래서 더욱 신중하게 하나하나 답변을 이어나간다. '내 아이에게 나의 일은 어떻게 비칠까?' 궁금하다. 우리 아이는 3세 때 강의 플랫폼의 첫 강의에서 내가 "안녕하세요. 파티플래너 김정연입니다"라고 인사한 부분을 보고 막 웃었다. 그리고 지금까지도 종종 저 대사를 시도 때도 없이 읊어서 나를 당황하게 한다. 파티플래너 김정연이 더욱 삶을 잘 살아내야 할 이유가 여기에도 있다.

부모는 이렇다. 소중한 자녀가 자신의 일을 존중해주고 긍정적으로 생각해준다면 그만큼 힘이 되는 것도 없다. 이 마음을 그대로 담아 기획하는 것이 바로 기업들의 가족 초청 패밀리데이다. '엄마, 아빠, 남편, 아이를 나의 회사에 초대한다면?' 이런 콘셉트로 하나하나 신중하고 의미 있게 기획하려고 노력한다.

얼마 전에 부모님께 이런 말을 한 적이 있다. "세상에서 가장 복 받은 사람은 누군가의 딸, 누군가의 아들로 오래오래 살 수 있는 사람인 것 같아요." 가족은 무엇과도 바꿀 수 없는 버팀목이자 중요한 가치다. 그래서 패밀리데이는 기획자로서 더욱 애착이 가는 이벤트 중 하나다.

아이들이 오는 축제라면 입구의 문턱, 연출하는 소재 하나하나까지 꼼꼼하게 체크하는 것은 당연하다. 그리고 어쩌면 그중 몇 가지 디테일은 엄마이기 때문에 특별히 보이는 것일 수도 있다. 파티를 좋아하는 사람이 파티를 잘 만들 수 있듯, 가족의 소중함을 아는 사람이 가족 행사를 잘 만들 수 있다고 생각한다.

취미야? 일이야?

어렸을 때부터 어른이 되기 전까지 계속 마당이 있는 시골 집에서 살았다. 그래서 그런지 야외 마당, 정원 등의 공간을 진심으로 좋아한다. 행사를 기획할 때 우천 등 날씨 변수가 있음에도 불구하고 야외 공간을 무조건적으로 좋아하는 이유도 여기에 있다. 탁 트인 공간은 내가 좋아하는 파티의 분위기를 내기에 더없이 유리하다.

옥상도 좋고 공원도 좋다. 야외 광장도 좋고 잔디밭도 좋다. 그때그때 장소의 분위기에 맞춰 동선을 짜고 공간을 기획하며 그 공간을 하나하나 채워 넣는 과정은 무에서 유를 만들어 내는 창조의 기쁨을 선사한다.

내 취향의 파티를 기획하는 과정은 시작 단계부터 즐겁다. 기획 아이디어를 얻기 위해 여러 이미지를 찾아볼 때부터 신이 나고 설레기 시작한다. 초록의 잔디밭 위에 새빨간 미니 기차가 다니는 그림을 보면 어느새 기차 제조 업체에 전화해 대략적인 비용을 알아보기도 한다. 기존에 흔히 볼 수 없었던 새로운 기획을 추구하는 이유도 이미 있는 것들은 나에게 자극을 주지 못하기 때문이다. "와, 재밌겠다!", "너무 예쁘다!" 하는 말이 절로 나와야 세부 프로그램을 짜는 기획도 덩달아 순조롭고 즐겁다. 재미도 없고 의미도 없는 파티를 기획하려면 영 흥이 안 나서 결과도 스스로 만족스럽지 못할 때가 많다.

이번 2024년 교육청 주관 책 페스티벌의 경우, 책 덕후의 책 관련 축제라고 할 수 있다. 책을 진심으로 좋아하는 나는 이 축제가 얼마나 설레고 즐거운지 모른다. 몇천 명의 시민들에게 책의 재미를 알려주고 싶은 마음으로 기획했고, 그런 결과를 낼 것으로 믿는다.

그런가 하면 가장 좋아하는 영화 〈물랑루즈Moulin Rouge〉를 10번은 본 것 같다. 프랑스 파리에서도 해당 지역을 찾아갔던 내가 〈물랑루즈〉 콘셉트의 파티를 기획하는 것은 어쩌면 당연하다. 좋아하는 것에 대해 상상력을 펼쳐볼 수 있는 기회가 주어진 것이라고나 할까. 상상력을 펼쳐 미친 듯이 그림을 그리고, 클라이언트의 비용으로 그것들을 구현해내는 것이다.

"이렇게 즐거운 일을 하고 돈을 받아도 되나?"

내가 직원들, 그리고 교육생들에게 늘 하는 말이다. 남의 비용으로 내가 좋아하는 과정을 매번 새롭게 시도할 수 있다니! 이것처럼 재미있고 좋은 일이 또 있을까.

P A R T Y

P L A N N E R

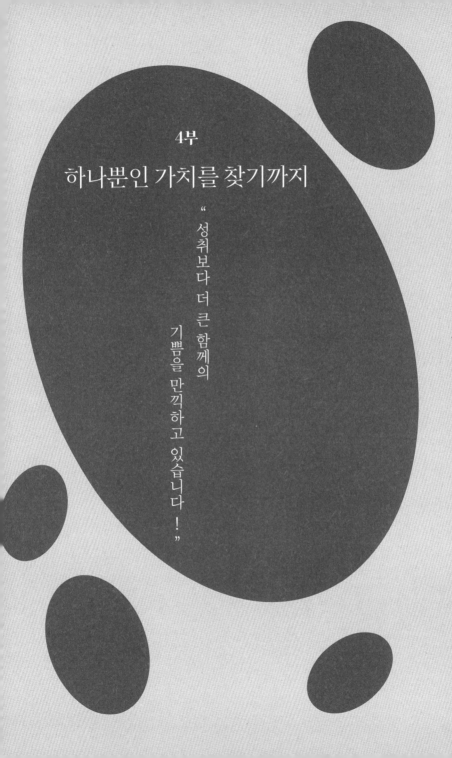

4부

하나뿐인 가치를 찾기까지

" 성취보다 더 큰 함께의 기쁨을 만끽하고 있습니다 ! "

◆

내가 나에게 거는 주문

"가르치는 사람일 뿐, 권력을 가진 사람은 되지 말자."

"제자가 잘되면 그것을 내 덕이라 우기지 말고 묵묵히 응원해주자."

"예술가처럼 구상하고 장인처럼 만들어내자."

꿈꾸는 이들에게
손을 내밀다

행복한 사람들이 많아지기를

좋아하는 일을 하며 사는 것. 내가 항상 감사하고 행복하다고 말하는 근원이다. 그리고 내가 행복해하는 이 일을 궁금해하는 이들도 나처럼 행복했으면 좋겠다는 마음에서 교육을 시작하게 되었다.

혼자였으면 감히 엄두도 못 냈을 것이고 실행에 옮기지도 못했을 것이다. 함께 일하고 있는 스타일리스트 K와 머리를 맞대고 고민한 끝에 2023년, 본격 파티플래너 교육을 시작했다. 항상 먼저 일을 벌여놓고 그다음에 수습하는 방식으로 한

걸음씩 나아가곤 했지만, 이때가 사실 제일 두려웠다.

'저희가 드디어 정식 교육을 합니다!' 공지는 했지만 바로 두려움이 몰려왔다. '아무도 신청을 안 하면 어쩌지? 교육을 한다고 했는데 신청자가 없어서 못 하면 어쩌지?' 정식 교육을 한 경력이 없어서 이런 걱정이 더 컸던 것 같다.

그렇게 교육에 대한 홍보를 시작하고, 새롭게 알게 된 것이 있다. 바로 내가 예전부터 소소하게 적어왔던 글들을 오랜 시간 보아온 친구들이 많다는 사실이다. 교육을 신청한 한 친구는 교육에 대한 설명회도 참가하지 않겠다고 했다. 파티플레너 김정연이라는 사람의 블로그를 오랫동안 봐왔고, 이 사람이 교육을 한다니 무조건 들을 거라는 이야기였다. 그는 놀랍게도 내가 쓴 예전의 글 하나하나를 다 기억하고 있기도 했다.

기록이란 게 참 중요하다는 걸 다시 한번 느낀다. 오랫동안 내가 종종 적어온 글들을 통해 나의 가치관이나 생각을 누군가 알게 되고, 어떤 시점에 전혀 모르던 그들과 만나게 되는 날이 오게 되다니! 참 신기하다.

교육 첫날, 교육생들에게 어떻게 이 교육을 알게 되었고, 무엇을 얻고 싶은지에 대해 물어보는 시간을 가졌다. 블로그뿐 아니라 인스타그램과 온라인 파티플래너 강의가 올라가 있는 클래스101 플랫폼을 통해서도 교육을 신청한 사람들이 많았다. 첫 교육이었고 오롯이 내 이름을 걸고 하는 것이었던 만큼, 교육을 신청한 한 명 한 명이 정말 소중하고 감사한 마음이 들었다.

'교육'에 대한 책임감

동시에 엄청난 책임감도 몰려왔다. 사실 교육을 하기로 결심할 때 가장 어려운 부분이 '책임감'이었다. 다른 사업은 아무나 할 수 있지만, 교육은 아무나 해서는 안 된다고 생각했기 때문이다.

특히 나는 꿈에 도전하는 이들의 마음을 너무나도 잘 안다. 그래서 늘 마음이 찡하다. 어떤 사람에게 배웠냐에 따라 꿈이 더 큰 꿈이 될 수도 있고, 다시는 꺼내고 싶지 않은 상처가 될 수도 있다. 타 교육기관에서 상처를 받은 많은 이들의 사례들로 난 이런 경험을 잘 안다. 그때 난 늘 그들에게 도움을 줄 수 있는 것이 없어 마음이 아팠다. 어쩌면 그래서 더 조심스러웠다. 단순히 내가 돈을 벌고자 교육을 한다면 교육을 위한 교육이 될 것이고, 그 안에서 꿈을 찾는 친구들이 기회를 얻지 못하고 방치된다면 나의 교육도 다른 교육과 다를 것이 없다고 생각했다.

김승호 회장의 《사장학개론》에 인상 깊은 구절이 나온다.

홀륭한 선생의 조건에 관해서 말하는 대목이다. 선생이라는 사람이 "내가 누구를 성공시켰다"라고 자랑하는 말을 한다면 가두는 선생이다. 그의 가르침이 큰 힘이 될 수 있었는지 몰라도 회사는 하루에도 수없이 많은 결정이 내려져 만들어진 산물이니 그 하나의 가르침으로 성공하는 것이 아니다. 그런데 그가 그 공을 매번 취하려 한다면 실제로는 작은 사람이다.

파티플래너 교육을 듣고 파티플래너 일을 나름 잘하고 있다 보니, 사실과 다르게 이 공을 취해 이익을 보려는 상황들이 종종 발생한다. 사실 난 이런 속상한 일들을 많이 겪은 편이다. 그래서 그랬을까. 이런 경험들이 스스로 스승이 되기로 했을 때 더 많은 생각과 다짐을 하게 한 계기가 되었다.

'가르치는 사람일 뿐, 권력을 가진 사람은 되지 말자.'

'제자가 잘되면 그것을 내 덕이라 우기지 말고 묵묵히 응원해주자.'

"어쩜 이렇게 다들 좋죠?"

교육이 진행되면서 교육생들은 조를 나눠 파티 기획을 시작했다. 함께 머리를 맞대고 각자의 역할을 나눠 하나의 프로젝트를 완성하는 일이다. 확실히 파티플래너로서 필요한 자질은 협동 능력에서 나온다. 혼자서만 기획을 잘한다고 파티 현장에서 잘 구현될 리는 만무하다. 늘 사람들과 소통하고 리더십을 발휘하며 조직을 이끌고 나가는 것, 이것이 어쩌면 크리에이티브한 기획 능력보다 중요하리라. 교육 기간이 지나면서 교육생들이 자주 했던 말이 있다.

"참 신기해요. 어쩜 이렇게 사람들이 하나 같이 다 좋을 수 있죠?"

어떤 교육을 들을 때 결이 맞지 않는 사람이 한 명이라도 있으면 분위기가 저해되거나 좀 불편해지는 경우가 있다. 교육생을 모집할 때 인터뷰 과정을 필수로 넣는 이유가 여기에 있다. 어쩌면 교육에서 강사보다 중요한 것이 같이 교육을 듣는 사람들일 수도 있다.

한 명 한 명 얼굴을 보고 앞으로 함께할 교육생들을 확정지은 후, 그들이 모였을 때 서로 놀라워했다. 강사인 내 입장에서 말하면 이렇다.

"어쩜 이렇게 열정 가득하고, 실력 있는 친구들만 이곳에 있는 건지!"

교육생들 입장에서는 이렇지 않았을까.

"같이 수업을 듣는 동료들이 어쩜 이렇게 다 잘하고 좋은 사람들일 수 있는 건지!"

그렇게 우리는 매주 감탄하고 감사해하며 즐겁게 수업을

진행했다. 설레는 교육 과정이 7주가 지나고 8주가 되면서 점차 끝을 향해 달려갔다. 나 또한 몇 년 전에 교육을 들어봐서 알고 있다. 교육생으로서의 신분이 끝나간다는 것이 얼마나 두려운 것인지를 말이다.

정식 교육에서 나는 내가 가진 모든 것을 알려주고 싶었다. 단순히 파티 현장에서의 스태프 경험이 아닌, 파티플래너로서 필요한 리더십을 발휘할 수 있는 경험을 제공하고 싶었다. 그런데 이런 경험을 할 수 있는 파티를 이번 교육 기간에 수주하고 싶다고 해서 되는 것은 아니다. 실무자이기에 교육 기간에도 의뢰가 오면 기획안을 보내는 일을 계속했고, 이전과는 다르게 교육생들과 함께하고 싶은 마음에 더욱 열심히 기획안 작업을 해나갔다.

비슷한 사람들로 채워지는 마법

리더의 역할을 하다 보면 예전에는 보이지 않던 것들도 많이 보이기 시작한다. 단순히 식당에만 가도 직원들의 분위기가 그곳의 사장과 많이 닮아 있음을 느낄 수 있다. 유독 친절하고 따뜻한 느낌을 주는 직원들이 반겨주는 곳은 뒤늦게 얼굴을 내민 사장의 느낌도 똑같다. 직원들이 사장의 마인드를 그대로 담고 있는 것이다. 유독 불친절하고 대응이 미흡한 곳에서는 아무리 사장을 찾아봤자 "아, 그래서 직원들이 그랬구나"라는 탄식만 나올 뿐이다.

이렇게 어디든 리더의 가치관과 마인드는 곳곳에 묻어 있기 마련이다. 손님들이 들어오는 문턱에 다치지 않게 배려해놓은 섬세한 손길에서 느껴지고, 유모차를 밀고 들어오는 손님을 위해 유모차를 둘 자리를 먼저 안내해주는 직원의 배려에서 느껴진다.

회사를 꾸려가면서 느끼는 것이 있다. 리더가 정말 중요하다는 점이다. 그래서 더욱 긍정적으로 생각하려고 노력하고, 힘든 일이 있어도 최대한 티 나지 않게 해결하고자 애쓴다. 늘 즐거운 분위기를 유지하려고 하는 것은 리더가 구성원들에게 미치는 영향이 크다는 걸 알기 때문이다. 그래서 더 어렵고 힘들기도 하지만, '그러니까 리더지' 하는 마음으로 최선을 다하고 있다.

나는 일반적인 리더가 아닌 파티 현장에서 일하는 파티플래너다. 파티의 호스트는 게스트들에게 늘 따뜻하고 친절해야 할 의무가 있다.

감동의 프로젝트,
소노 페스타!

오직 하나뿐인, 그래서 특별한

어느 날 모르는 번호로 전화가 왔다.

"이번 여름, 쏠비치 5개 지점에서 축제를 하려고 하는데 이벤티움의 제안서도 받아보고 싶습니다. 이벤티움은 다른 업체들이랑 다른 무언가가 있지 않을까 싶어 연락드렸습니다."

워낙 예쁜 장소이기도 하고 언급한 5개의 지점이 색깔이 다 달라서 각각의 장점을 살릴 수 있는 특별한 축제를 만들 수 있을 것 같았다. 또 설레기 시작했다.

처음 문의했을 때 가수 섭외가 메인인 축제를 언급했다. 하지만 나는 통화를 하면서 '꼭 유명 가수가 와서 공연을 해야 하는 것인지' 궁금했다. 개인적으로는 예산도 정해져 있을 텐데 유명 가수 섭외에 많은 비용을 쓰는 것을 그다지 좋아하지 않는다. 그런 것보다는 정해진 예산 안에서 참가자들이 오롯이 경험하고 소통하며 더 오래 기억에 남을 수 있는 이벤트를 선호한다. 그게 훨씬 가성비가 좋다고 생각하기 때문이다. 무대에서 멋진 가수의 공연을 본다면 "나 오늘 ○○ 봤어" 정도의 자랑을 할 수 있겠지만 그것이 오직 이 장소에서만 누릴 수 있는 one and only 경험이 되지는 못한다. 그러면 클라이언트가 원했던, 참가자들이 우리 호텔을 더욱 특별한 곳으로 느끼게 하는 것은 어려워진다. 물론 기획자마다 의견이 다를 수 있고, 이건 순전히 내 개인적인 생각이다. 그래서 통화할 때 말했다.

"만약 유명 가수 섭외가 필수인 게 아니라면, 저희는 좀 더 참가자들 위주의 경험을 기획하고 싶습니다. 그렇게 제안드리도록 하겠습니다."

같은 업계라도 각 회사마다 가진 특징이 다 다를 것이다. 사실 나는 업계 분석을 열심히 하는 편이 아니라 우리가 어떤 특징을 갖고 있는지는 잘 모른다. 기업들로부터 의뢰가 오면 그저 내가 하고 싶은, 가치가 있다고 생각하는 것을 기획해서 보여줄 뿐이다. 그러면 그것이 딱 원했던 방향이었거나, 혹은 생각해보지 않았지만 그렇게 하면 좋을 것 같다거나 하는 이유로 이벤티움을 선택한다.

기획을 할 때 항상 시작하는 출발점은 파티를 하는 목적이고, 그다음은 one and only다. 단 하나뿐인 경험을 제공하고자 함이다. 설사 같은 기업에서 매년 하는 축제일지라도, 같은 콘셉트로 매번 하는 워크숍일지라도 단 하나의 이벤트로 오직 이날만 느낄 수 있는 유일무이한 경험을 선사할 수 있어야 한다. 이게 우리의 철칙이다.

설레게 하는 '기획'

전화를 끊고 그날 밤부터 5개 지점을 홈페이지에서 공부하며 공간의 분위기를 익혔다. 그리고 거기에 맞는 콘셉트를 구상하기 시작했다. 내 기억으로는 그날 자정 즈음에 그 작업을 시작했는데, 같이 일하는 스타일리스트 K와 함께 어찌나 신나고 재미있게 기획안 작업을 했는지 모른다. '일하는 게 이렇게 재미있을 수 있구나'를 또 한 번 느꼈던 날이었다.

사실 즐거울 수밖에 없었다. 바다를 품고 있는 야외 공간들은 자체로 이미 예뻤고, 파티플래너로서 그런 장소를 전제로 기획을 할 수 있음에 감사할 따름이었다. 색색의 예쁜 공간들을 보는데 여기서 하면 너무 예쁠 것 같은 콘셉트가 자연스럽게 떠올랐다. 정말 각각의 지점에 어울리는 콘셉트와 그 콘셉트에 맞는 메인 프로그램, 공연, 연출, 간식까지 모든 아이데이션 과정이 행복했다. 일하는 게 즐겁다는 말이 절로 나오는 시간이었다. 예쁜 파티 이미지들을 보며 이렇게 저렇게 구상하는 시간은 그야말로 힐링이다. 이렇듯 기획의 과정은 언제나 짜릿하다.

어느 날이었다. 열심히 기획안을 작성하고 있는 내게 직원 한 명이 불쑥 물었다.

"이렇게 열심히 기획안을 만들어서 보냈는데, 저희가 진행하지 않게 되면 속상하지 않으세요?"

"아, 물론 속상하지. 근데 괜찮아. 그 기획안을 만들면서 행복했잖아. 그리고 그걸 만들면서 많이 배웠잖아. 앞으로 그런 파티를 기획하게 되면 이미 많이 공부해놨으니 분명 도움이 될 거고."

사실 이와 비슷한 질문은 예전에 같이 일하던 후배에게도 들은 적이 있었다. 일정이 다소 촉박해 둘이 서로 통화를 하며 밤새 기획안 작업을 하던 때였다.

"이렇게 피곤하게 일하는데 짜증도 안 내고, 나만 짜증 내서 나쁜 사람 되는 거 같네요!"

솔직히 말하면 나는 1도 짜증이 나지 않았다. 아무것도 없는 종이에 이제 막 그림을 그리기 시작하려고 하는 그때가 제일 설렜기 때문이다. 이제 막 설레는 작업을 하려고 하고, 아무도 방해하지 않는 늦은 밤이었기에 나는 짜증 날 이유가 하나도 없었다.

기획사는 많고, 기획안을 작업해서 줘봤자 우리랑 안 할 수도 있다고 생각하면 괜히 약 오르고 짜증 날 수도 있다. 하지만 의미와 즐거움을 '결과'에서 찾지 않고 '과정'에서 찾으면 정반대의 접근이 가능해진다. 기획을 하는 과정 자체가 즐거우면 결과는 그렇게 중요하지 않게 된다. 그리고 결과에 대한 불안감도 사라진다.

그저 '새로운 파티를 기획하는 자체로 즐겁다'는 생각과 함께 '이 예쁜 파티를 진짜로 하게 되면 사람들이 정말 좋아할 텐데'라는 생각에 행복해질 뿐이다.

대박… 언빌리버블!

밤새 완성한 기획안을 '보내기!' 하고 나면 희한할 정도로 홀가분해진다. 그 어떤 미련도 남지 않는다. 그렇게 열심히 한 보람도 없이 결과가 좋지 않아도 실망감이 크지 않은 게 신기하다. 나름대로 최선을 다했다고 생각하기 때문에 그런 것 같다. 만약 그렇지 않았다면 부정적인 결과에 후회와 미련이 가득했을 것이다. '더 열심히 해서 줄 걸 그랬나. 이렇게 해서 보냈다면 우리랑 했을 텐데!'라는 생각이 들 법도 하지만, 그런 생각이 1도 들지 않는다. 다시 시간을 줘도 그보다 더 열심히 했을 수는 없을 것 같기 때문이다.

20대 연애할 때와 같다고 할까. 사귈 때 최선을 다하면, 헤어지고 나서도 미련이 남지 않는다. 그게 최선의 결과였겠거니, 그냥 운명이려니 할 뿐이다.

그렇게 메일을 보내고 다른 일들과 교육으로 정신없이 또 일주일이 흘렀다. 당시 목동 사무실에서 일하고 있을 때 전화가 왔다. 통화를 하면서 상대편에서 하는 대사에 따라 내 눈이 휘둥그레지며 옆에 있는 기획팀 직원에게 눈빛과 입 모양으로 "대박"을 외쳤다. 그 직원도 같이 눈이 휘둥그레지며 뚫어지게 나를 바라봤다. 전화 통화를 마치고 나는 한참 동안 이 말만 반복했다.

"와… 대박…! 대박…! 와… 대박…!"

직원이 듣다 듣다 못 참고 말했다.

"대표님, 도대체 뭔데요?"

내가 겨우 말했다.

"쏠비치… 우리랑 한대…."

이 글을 쓰는 지금도 그때 감격이 다시 올라온다. 그때 더욱 감동이었던 이유는 두 가지였던 것 같다. 하나는 클라이언트가 직접 10개가 넘는 업체들의 기획안을 받아보았고, 그중에 이벤티움과 하고 싶다고 말했다는 부분이었다. 보통 비딩을 하면 3개 정도의 경쟁업체들과 경쟁을 하게 되는데, 이번에는 무려 10개가 넘었다. 얼마나 규모가 크고 페스티벌 경력이 많은 업체가 있었을까. 근데 이 작디작은 회사가 그 경쟁에서 승리를 거머쥔 것이다. 감격스러울 수밖에 없었다. 그리고 두 번째 이유는 이 큰 행사를 수주함으로써 지금 교육하고 있는 교육생들에게 엄청난 경험의 기회를 제공할 수 있다는 것이었다! 이게 정말 기쁘고 또 기쁜 포인트였다.

이날 이 소식을 듣고 우리 교육생들 한 명 한 명에게 각 지점 축제의 팀장을 맡겨 총괄할 수 있도록 해야겠다고 생각했다. 이런 기회를 줄 수 있다는 생각에 얼른 교육하는 수요일이 되었으면 싶었다. 이 서프라이즈 공지를 하고 싶어 그야말로 죽을 뻔했다.

'함께'라는 건

10주 차의 교육이 막바지로 흘러가는 아쉬움과 설렘이 공존하던 날, 강사가 대표로 있는 이벤티움의 쏠비치 5개 지점

행사 수주 소식을 전했다. 기뻐하는 교육생들에게 PPT의 다음 페이지를 보여주며 서프라이즈 소식도 같이 전했다. 각 지점의 콘셉트가 정해져 있고 날짜도 다 달랐는데, 미리 받은 가능한 일정과 지점의 콘셉트에 맞춰 각 축제의 팀장을 선정해 공지한 것이다. 교육생들은 정말 좋아했다. "어쩜 이렇게 각자에게 어울리는 축제를 선정했어요?" 감탄을 금치 못했다. 그렇게 우리는 2023년 한여름을 뜨겁게 함께할 여정을 준비했다.

제일 먼저 쏠비치 양양에서 시작했다. 날씨가 35도를 넘어가던 7월 말, 우리는 걷기도 힘든 모래사장 위에 합판을 깔고 무대를 만들며 의자를 날랐다. 너무 더워 힘들었지만, 우리 모두는 "으쌰! 으쌰!" 힘을 냈다. 특히 양양 지점의 팀장을 맡은 Y 군은 모두가 힘든 상황에서 유머를 더해 분위기를 한껏 끌어올렸다. 힘든 상황에도 즐겁게 임해주는 것에 감동을 받은 것은 나뿐만이 아니었다. 기업의 담당자들도 처음 해보는 대규모 축제에 걱정이 많았을 텐데, 이토록 열정적으로 즐겁게 준비하는 우리의 모습을 보고는 조금씩 마음을 놓기 시작했다.

바다 바로 앞의 해변 모래사장에서 펼쳐진 공연과 이벤트는 어떤 말로도 대신할 수 없을 정도로 '아름다웠다'. 가끔 "핀터레스트에 나오는 이미지 같아!"라는 말을 우리끼리 하는데,

그날의 풍경은 정말 우리가 원했던 대로 나와서 핀터레스트 보다 더 예쁜 하나의 축제가 완성되었다.

일찍부터 앉아서 기다리는 사람들을 위해 직원들 찍어주려고 가져갔던 폴라로이드를 꺼내 들었다.

"안녕하세요! 폴라로이드 찍어서 선물로 드릴까요?"

"네!"

각자 흩어져 앉아 있던 가족들이 어깨를 붙이고 하나의 빈 백beanbag에 옹기종기 모여앉았다.

"하나 둘 셋!"

사진을 선물로 주니 그렇게 좋아할 수가 없었다. '오늘도 미션 성공이고 행복한 기억에 플러스 1을 해줬구나!' 파티플래너의 행복은 이런 소소한 순간들에서 온다.

보통 일회성 운영 스태프를 뽑으면 제 역할을 다하기는 하지만, 분명한 한계가 있다. 쏠비치 행사를 하며 이때 느낀 점이 있다. 바로 '교육'의 위엄이다.

교육을 통해 나에게 배운 교육생들은 단순히 이론과 기술적인 면뿐만 아니라 마인드를 포함한 많은 부분에서 나와 연결이 되어 있었다. 축제에 온 참가자 한 사람 한 사람을 웃으며 맞이하는 모습, 아이들의 발밑 작은 돌을 치우는 모습, 힘들지만 미소를 잃지 않고 끝까지 최선을 다하는 모습 모두가 감동 그 자체였다. 이것들은 단 몇 시간의 교육으로 이뤄지는 것은 아니다. 함께 이 축제를 준비한 만큼 자연스럽게 나오는 결과물이었다.

'교육이란 이런 거구나.'

'혼자 했다면 힘들어서 절대 못 했을 것을, 이렇게 함께라서 해내는구나.'

감동은 기대 이상이었다.

우리의 '영화'

양양의 축제를 성공적으로 끝내고, 바로 다음 날 삼척 지점의 축제를 준비해야 했다. 축제가 끝나고 늦은 밤까지 정리를 마친 우리는 바로 삼척으로 이동했다. 다음 날 일찍 움직여야 했지만, 캔맥주 한 잔에 오늘의 감동을 나누고 잠자리에 들었다.

삼척 지점은 공연부터 우리가 기획했기에 더욱 기대와 우려가 교차하는 축제였다. 'ViVid Color Festa'로 컬러를 극대화하는 무용 공연을 기획했는데 새로운 시도인 만큼 '정말 괜찮을까?' 우려하는 기업 측을 설득하는 것도 쉽지 않았다. 이때의 미팅에 들어가서 우리가 매번 한 말이 있었다. "네! 너무 예쁠 것 같은데요! 네! 너무 멋있을 것 같은데요!" 그렇다. 우리가 제안한 만큼 멋지게 나오도록 공연팀의 안무와 의상까지 신경 쓰는 것도 우리 몫이었다. 5개의 지점 모두 야외 축제여서 우천 시 대체할 실내 공간이 있긴 했지만, 준비한 것들을 실내에 넣기에는 마음이 아플 것 같았다. 그렇기에 날씨가 좋기를 빌고 또 빌었다. 천사 같은 날씨 요정님께서 삼척의 축제에도 다행히 함께해주셨다. 그날은 노을이 질 무렵의 하늘과 구름이 어찌나 예쁘던지 꼭 그림 속에 들어와 있는 것 같았다. 모두들 미친 듯이 핸드폰 셔터를 눌러대느라 정신이 없었다.

그리고 드디어 무용 퍼포먼스가 시작되었다. 시선을 사로잡는 연기로 시작해 무대 위에서 컬러풀한 천을 휘두르는 동작, 그리고 무대 아래로 내려와 관객들 사이사이에서 눈을 맞추며 진행된 공연은 망통 레몬 페스티벌에서 내가 느꼈던 희열을 그대로 담고 있었다.

놀러 갔던 축제에서 영감을 받아 콘셉트부터 공연까지 디테일을 모두 기획했다. 그리고 실제 현장에서 그대로, 아니 그 이상의 퀄리티quality로 구현되었다. 또 사람들이 좋아하고 행복해했다. 파티플래너로서 '성취'란 이런 것 아닐까.

양양, 삼척을 성공적으로 끝낸 그 바로 다음 주말에는 진도와 거제의 축제를 앞두고 있었다. 무척 더웠던 날, 진도와 거제의 야외 광장에서 더위와 싸워가며 팀장으로서 책임을 다하던 우리 교육생들의 멋진 모습을 잊을 수 없다.

진도 행사를 마치고 바로 거제로 넘어가야 했는데, 너무 피곤해서 졸음운전을 할까 봐 뒤에 탄 교육생들은 번갈아 가며 나에게 말을 걸어줬다. 나는 취향을 가득 담은 플레이리스트를 틀고 노래를 따라 부르며 눈에 힘을 준 채 거제로 넘어갔다. 운전을 하며 다시는 이렇게 위험하게 일정을 잡지 않겠다고 다짐했다.

진도와 거제도 성공적으로 날씨 요정님과 함께 클리어했다. 이제 마지막 변산만 남았다. 5개의 지점이 하나하나 끝나갈수록 희한하게도 성취감과 함께 아쉬움이 몰려왔다.

숲속의 요정

변산은 특히 가장 이슈가 되는 장소였다. 야외의 메인 광장이 아닌 구석에 있는 잔디밭에서 캠핑 콘셉트로 진행하기로 한 축제였기 때문이다. '이곳에 사람들이 오지 않으면 어떡하지?' 하는 걱정을 사전에 1순위 니즈로 접수했다. 그래서 준비했던 게 바로 숲속 요정이었다.

그리고 이 공간에서 메인 프로그램으로 기획했던 것이 '보물찾기'였다. 초록빛 잔디밭 곳곳의 나무들을 돌아다니며 엄마 아빠와 함께하는 보물찾기는 장소와 콘셉트에 딱 맞는 프로그램이라는 생각이 들었다. 보물찾기를 생각해내고 기획하면서 많은 사람이 숲속으로 오게 할 수 있는 요소가 필요하다는 생각을 했다. 이때 요정이 떠올랐다. '숲속에 요정이 다닌다면? 요정은 어떤 모습일까?' 그리고 교육생 중 에너지 넘치는 요정 같은 친구의 얼굴이 허공에 그려졌다. 이 친구라면 밝고 에너지 넘치는 요정 역할을 잘할 수 있을 것 같았다.

그렇게 '숲속 요정' 역할을 맡은 K 양에게 우리는 눈 밑에 반짝이 메이크업을 해주고 머리를 요정처럼 따줬다. 흰 치마와 요정 날개를 단 우리의 숲속 요정은 아이들을 홀릴 준비를 끝마쳤다. 그리고 마지막으로 내가 가져온 비장의 무기를 그녀의 손에 쥐여줬다. 바로 요정 역할을 하며 돌아다닐 때 민망하지 않도록 가지고 다니며 퍼포먼스 할 수 있는 비눗방울 스틱이었다. 이 비눗방울 스틱은 출장 날 아침 집을 나서며 '이거다!' 싶어 챙겨온 네 살짜리 아들의 장난감이었다.

아들은 일어나 비눗방울이 없어졌다며 울었겠지만, 숲속 요정이 휘두르는 비눗방울 스틱에 이날 축제에 온 아이들은 행복해했다. 비어 있던 잔디밭이 정말 숲속 요정이 다닐 만한 예쁜 공간으로 변신하고, 아무도 안 올까 봐 걱정했던 일이 무색하게 발 디딜 틈 없이 사람들로 가득 찼다.

가족들은 저마다 보물찾기 종이를 들고 아이들과 함께 보물을 찾아다녔고, 이 모든 걸 기획하고 준비한 우리는 그렇게 행복할 수 없었다.

그런데 행복도 잠시, 문제가 생겼다. 보물찾기의 다섯 가지 보물 중 하나인 '고양이'가 안 보였다. 원래는 이 잔디밭에 수도 없이 나타나는 고양이였다. 그러니까 실제 고양이를 보물로 넣어둔 것인데 이 고양이가 그날 사람들이 많아지자 좀처럼 모습을 드러내지 않았던 것이다. 그러다 보니 고양이를 찾아야 하는 아이들은 잔디밭 밖으로 고양이를 찾아 하나둘 나가기 시작했다. 정해진 공간을 벗어나면 안전의 위험이 있었다. 나는 얼른 아이브로펜슬을 교육생 한 명에게 빌렸다. 그러고는 입구에서 보물찾기 미션지를 나눠주던 교육생 J 양에게 양해를 구했다. "미안하지만 고양이를 좀 해줄 수 있을까?" 영문도 모른 채 J 양은 양 볼을 나에게 양보했다. 그녀의 양 볼에 아이브로펜슬로 고양이 수염을 그려 넣었다. 행사 스태프의 표시로 쓰고 있던 머리띠와도 잘 어울렸고, 실제 고양이상이기도 해서 완벽한 '고양이'가 되었다.

"여러분! 고양이는 진짜 고양이가 아닙니다. 사람 고양이를 찾아주세요!"

마이크를 통해 안내 멘트가 나가자 진짜 고양이를 찾아다니던 아이들은 입구 쪽의 우리 J 양을 가리키며 몰리기 시작했다.

"고양이 여깄다!"

그렇다. 파티플래너는 사전에 기획을 하지만, 기획한 대로 구현되지 않는 상황이 생기면 재빠르게 해결책을 내는 역할을 더 많이 하기도 한다.

그렇게 숲속 요정과 숲속 고양이 덕분에 변산의 마지막 축제도 성공적으로 막을 내릴 수 있었다. 특히 이날은 모든 정리가 끝났는데도 한참을 자리에서 벗어날 수 없었다. 눈물이 날 것 같아서였다. 매주 축제를 하다 보니 왠지 다음 주도 축제가 있을 것만 같은데 더 이상 없다는 게 생각보다 많이 공허했다.

7년 차, 이제야 알게 된 재미

이미 5년 차가 지났을 때 파티플래너로서 느낄 수 있는 모든 재미와 흥미는 다 경험해봤다고 자부했는데 그게 아니었다. 페스티벌을 기획할 때마다 이전에 못 느껴본 재미를 계속 느꼈다. 쏠비치 축제도 그 어느 축제보다 더 짜릿했고 더 센 성취감이 있었다. 같은 직업을 몇 년째 하고 있는데도 이렇게 새로운 재미를 발견할 수 있다는 게 신기했다.

지금도 나는 좋아하는 방향에 대해 계속 고민하고, 그쪽으로 더욱 뾰족하게 나아가기 위해 노력한다. 어떤 책에서 본 기억에 남는 글귀가 있다.

'싸워서 이기려면 남이 만들어놓은 판에 가서는 안 된다. 내가 만든 판에서만 무조건 이길 수 있다.'

요즘 들어 이 말을 실감하고 있다. 내가 좋아하는 것, 더욱 뾰족하게 내가 잘하는 것으로 파티를 만들어 나가다 보니 이것을 좋아하는 사람들의 선택을 많이 받게 되는 것 같다.

혼자서 느끼는 행복과 성취감보다 다른 이와 함께 누리는 행복과 성취감이 열 배, 스무 배 크다는 것을 쏠비치 페스티벌을 통해 배웠다.

'기획사' 이벤티움,
'기획자' 김정연

대행사가 아닙니다

"대표님, 저희는 대행사가 아니고 기획사죠?"

어느 날 문득 직원이 이렇게 물었을 때 무언가에 머리를 한 대 얻어맞은 것 같았다. 대행사든 기획사든 별다른 생각 없이 의뢰 들어오는 모든 건에 진심으로 달려들어 열심히만 했던 7년이었다. 그저 파티 기획 일이 좋아서 구체적인 방향 같은 것을 세우지도 않았다. 하루하루 노는 날 없이 계속 파티를 만들고 싶어, 의뢰 들어오는 것들은 무엇이든 마다하지 않고 제안 작업을 했다.

직원의 이 질문이 날카롭게 내 심장을 찔렀다. 동시에 너무 좋은 질문이라는 생각이 들었다. '대행사가 될 것인가, 기획사가 될 것인가?' 물론 회사를 홍보할 때 노출을 위해 두 개의 키워드를 모두 쓰긴 한다. 하지만 시간이 갈수록 재미있어지는 부분은 확실히 '기획'이었다. 새롭게 창조하는 것에서 나는 이일의 근본적인 재미를 느끼고 있었다.

"그럼! 우리는 기획사지!"

이 말을 뱉고 나서 더욱 뚜렷한 방향을 갖게 된 것 같다. 이벤티움은 이제 감사하게도 대행의 의미만을 갖는 업체를 찾는다면 다른 업체를 추천할 만큼 정체성을 갖췄다. 기획사로서 이벤티움을 찾는 기업들이 그만큼 많아지고 있다. 기존과 다른 파티를 하고 싶거나 새로운 시도를 해보고 싶은 기업은 공장에서 찍어내듯 똑같은 프로그램을 반복하는 대행사가 필요한 게 아니다. 매번 그 목적과 타깃에 맞춰 커스텀 기획하는 기획사가 필요한 것이다. 그리고 이벤티움은 그 방향으로 나아가고 있다.

기획 단계에서 하는 일

'예술가처럼 구상하고 장인처럼 만들어내자!'

내 카카오톡 프로필에 있는 메시지다. 어떤 책에서 보고 문구가 너무 멋있어서 바로 메시지를 이것으로 바꿨다. 이제까지 나는 문과형 인간으로 살았다. 틀에 박힌 암기는 잘하지만 크리에이티브한 건 잘하지 못한다고 생각하며 살아왔다. 그래서 동경하는 사람의 카테고리 중 하나가 예술가였다. 아티스트! 이처럼 듣기만 해도 가슴 뛰는 단어가 또 있을까! 그런데 얼마 전부터 이런 질문을 많이 받기 시작했다.

"영감은 어디서 얻으세요?"

파티 기획에 대한 이야기를 SNS에서 하다 보니 사람들이 많이 궁금해했다. '영감? 영감이라는 건 예술가들한테나 쓰는 용어 아닌가?' 싶어 의아했다. 그리고 '예술가라는 게 정확히 뭐지?' 궁금해졌다. 책과 글을 뒤지다가 예술가와 이야기를 나눠보고 싶어 독서 토론 커뮤니티 중 예술가라는 이름이 들어가 있는 제목의 토론 클럽에 참여했다.

"예술가는 어떤 사람들인가요?"

내 당돌한 질문에 어떤 사람이 불쑥 말했다.

"파티를 기획하고 연출하고 총괄하는 일을 하시는데, 이미 종합예술을 하고 계신 것 아닌가요?"

생각해보니 무에서 유를 창조하는 것이 맞기는 했다. 최근에 새로운 파티를 기획하는 과정에서 정말 영감을 받으며 기획하고 있다는 것을 깨달았다.

내가 기획 단계에서 하는 일의 종류는 두 가지로 나눌 수 있다. 하나는 상상의 나래를 편 채 자유롭게 온라인, 오프라인 여기저기를 다니면서 영감을 얻는 일이다. 또 하나는 이것들을 기획하려는 파티에 녹여 넣고는 콘셉트와 순서 등 세부 방식을 정리해가는 일이다. 이전까지는 이 두 가지 중 두 번째 일만 내가 하는 일이라고 생각했는데, 생각해보니 첫 번째도 굉장히 중요한 일이었다.

짜릿한 순간들

보통 기업 파티를 기획할 때 나는 가장 먼저 그 회사에 완전히 몰입한다. 회사 홈페이지에서 그 회사의 전반적인 분위기를 익히고 미팅에서 담당자에 들었던 구성원들의 특징, 태도, 대표가 중시하는 것들을 버무려 머릿속에 넣는다. 그런 상태에서 떠오르는 키워드들을 여러 사이트의 검색창에 쳐보면 나오는 이미지들이 있다. 그중 시선을 끄는 것들을 캡처하고 또 거기에서 떠오르는 아이디어를 다른 플랫폼에 쳐보며 거미줄처럼 잇고 또 이어 나간다.

이런 시간에 나는 주로 침대에 누워 있다. 어둡고 가장 편안한 자세일 때 창의적인 생각들이 기분 좋게 떠오르기 때문이다.

며칠 전 광고회사의 축제 기획안 작업을 했는데, 광고회사다 보니 아무래도 기준이 높을 것이라는 생각에 살짝 부담이 되었다. 단어들을 가지고 자유롭게 생각을 펼치다 'De-Stress'라는 단어가 떠올랐다. 디카페인처럼 이 축제를 하나의 단어로 표현하고 싶었는데 저만한 단어가 없다는 생각이 들었다. 내가 생각하는 파티를 딱 하나의 단어로 표현할 수 있을 때 그렇게 짜릿할 수가 없다. 저 단어, 'De-Stress'가 떠올랐을 때가 딱 그랬다. '소름!'

다행히도 그 기획안을 받아본 광고회사의 담당자는 바로 회신 메일을 보냈다. '기획안이 너무 고퀄이네요. 아이디어를 차고 넘치게 주셔서 정말 감사합니다.' 기획자로서 이런 메일을 받아 매우 감사했는데, 실제 진행할 축제의 키워드도 'De-Stress'로 결정되었다.

내 아이디어가 최종적으로 선정되고, 포스터에 그 콘셉트대로 디자인되어 나오면 얼마나 뿌듯한지 모른다.

기업과 미팅을 할 때도 그런 순간들이 있다. 가족 독서 챌린지 콘셉트의 페스티벌을 위한 사전 미팅이 있던 날이었다. 기업 측 관계자들의 요구 사항을 메모하면서 든 생각은, 5월의 토요일에 하는 페스티벌이라면 다른 재미있는 곳들로 가지 않고 우리의 축제에 오게 하는 것이 중요하다는 거였다. '어린아이들과 부모님들을 어떻게 우리 축제로 오게 할까?' 부모 입장에서 아이가 좋아하는 것들이 많고 아이와 관련한 유익한 정보까지 얻을 수 있다면 분명히 갈 수밖에 없다고 판단했다. 내가 엄마였기 때문에 '나'라도 갈 것 같은 축제를 기획하는 게 필요했다. 항상 기획자로서 첫 번째 허들은 '나'다. 사실 '나'도 가고 싶은 파티를 기획하는 게 제일 어렵긴 하다.

이런저런 고민 끝에 작가 초청 북 콘서트를 제안했다. 아이들이 좋아하는 카테고리의 책을 쓴 작가를 초청하고, 작가와 이야기를 나누는 시간을 마련했다. 이런 북 콘서트가 있다면 아이 교육에 관심이 많은 부모들이 꼭 올 것으로 생각했다. 역시나 좋아했고, 실제 메인 프로그램이 되었다.

"당신의 니즈가 무엇인가요?"

언제든 이 니즈에 대한 해결책을 내놓는 역할이 파티플래너라고 생각한다.

이런 것까지도 기획된 거라고?

작년 12월, 어느 갤러리의 오픈 파티였다. 오렌지 컬러의 재킷을 입은 어느 여성 대표의 모습이 매우 멋져 보였다. 이 파티에는 드래그 퀸drag queen 공연이 한창이었는데 2명의 멤버가 번갈아 가며 퍼포먼스를 하고 있었다. 공연팀을 바라보고 동

그렇게 둘러싼 VIP들은 공연에 집중하고 있었다.

공연이 끝나고 파티를 잘 준비해줘서 감사하다는 담당 팀장의 칭찬이 끝나기도 전에 대표가 금일봉을 하사했다. 수많은 파티를 주관해왔지만 이렇게 통 크게 직원들에게 파티 당일에 선물을 주는 경우는 처음이어서 개인적으로 인상 깊은 순간이었다.

이 파티가 끝나고 며칠 뒤 우리가 촬영한 스케치 영상을 보며 직원들과 이야기를 나누던 중 한 직원이 말했다.

"그런데 이 공연팀 멤버는 이분이 기업 대표님인지 어떻게 알고 이렇게 가서 같이 춤을 췄을까요? 그 팀장님이 그러는데 대표님이 이때 진짜 좋아하셨대요."

"응? 그거 내가 그렇게 하라고 사전에 귀띔했지."

"네?"

사실 그날 공연이 한창일 때 나는 가장 뒤쪽에서 전체를 바라보고 있었다. 앞에서 춤을 추고 있지 않은 멤버에게 다가가 귓속말로 말했다. 그리고 그 멤버는 고개를 끄덕인 후 자기 순서가 되었을 때 장내를 돌다가 오렌지 재킷을 입은 대표에게 다가가 같이 턴할 것을 제안했다. 그 대표는 흔쾌히 받아들이고 함께 턴을 하며 좋아했다.

파티플래너는 어디까지 기획할까? 현장에서 떠오르는 것들도 그때그때 실현시키려고 노력한다. '앗 지금 이렇게 하면 훨씬 좋겠다!' 하는 것들을 바로바로 적용시키는 경우도 많다. 예측한 것과 다르게 돌아가는 경우도 많기 때문에 늘 그런 순간들을 놓치지 않으려 한다. 그렇게 함으로써 더 좋은, 더 기억에 남는 파티를 만들려고 노력한다.

여러분이 놀러 간 파티에서 엄청난 감동의 순간이 있었다면, 아마 그것은 파티플래너의 치밀한 계획이었을 수도 있다.

우리가
원하는 세상

우리 사회의 온도 올리기

정확히 왜인지는 모르겠지만 우리 사회가 조금 더 따뜻해졌으면 좋겠다. 2002년 월드컵 때 나는 고등학생이었다. 그때의 온기를 기억한다. 우리 모두가 하나된 느낌이었고, 눈 마주치는 사람마다 서로 미소를 지어 보였다. 그때 우리는 행복했다. 작은 실수 정도는 서로 용서하는 아량이 있었고, 즐거운 무드를 매너 좋게 함께할 줄 알았다. 우리의 이런 모습은 전 세계로 뉴스를 통해 퍼져나갔다.

내가 생각하는 파티의 역할은 어쩌면 2002년 월드컵 같은 것이다. 파티, 축제를 통해 사람들이 서로를 따뜻한 눈으로 바라보는 사회가 되었으면 좋겠다. 그리고 그런 사회가 되는 데 파티플래너로서 내가 기여할 수 있으면 더 좋겠다.

수많은 크고 작은 파티를 기획하고 주관하면서 느낀 점이 있다. 파티의 전과 후가 확연히 다르다는 사실이다. 서로 몰랐던 사람들을 알게 되고 가까워지면서 웃을 일이 많아진다. 덜 외롭게 되고 더 행복해진다. 200회가 넘는 파티 현장에서 before와 after가 180도 달라지는 파티의 위력을 수도 없이 봐 왔다. 그래서 더욱 내가 하는 일로 우리 사회가 조금 더 따뜻한 사회가 될 수 있다고 믿는다.

파티 엄마

나의 5세 아들은 나를 '파티 엄마'라는 애칭으로 부른다. 그 애의 눈으로 본 엄마는 파티 엄마다. 매년 그 아이의 생일이면 아이가 좋아하는 동물, 공룡, 곤충 등을 콘셉트로 파티를 해줬다. 이 또한 파티 엄마가 아들에게 보여주는 사랑의 방식이다.

나는 파티를 만드는 일을 하는 엄마이기도 하지만, 실제 파티를 좋아하는 엄마이기도 하다. 아이와 함께 프랑스에 머물 때였다. 프랑스에서 만난 친구의 어머니 아버지는 70대의 할머니 할아버지셨는데, 와인을 곁들인 저녁 식사에서 지난 파티 사진을 보여주셨다. 그러면서 이 사진에서 자신들을 찾아 보라고 하셨다. 아무리 눈을 동그랗게 뜨고 봐도 도저히 찾을 수가 없었다. 그날의 파티는 콘셉트가 레트로retro였고, 모두가 반짝이 재킷에 아프로 헤어스타일 가발, 색색의 선글라스를 하고 있어서 누가 누군지 알 수가 없었다.

'와! 이거야말로 내가 원하는 파티가 일상인 삶 아닌가!' 이런 생각과 함께 나이가 들어서도 이렇게 파티를 하고 싶었다. 70대가 되어서도 파티 콘셉트에 맞춰 의상을 준비하고, 함께 놀거리를 준비하며 설레고 싶었다. 우리나라에도 이런 멋진 분들이 계신지는 모르겠지만, 없다면 내가 그런 파티 할머니가 되고 싶다.

매일 비슷비슷한 일상이지만 소소한 파티들로 조금 더 설레며 살고 싶은 나는 어쩔 수 없는 파티플래너다.

아름답고 행복한 일

요즘 파티플래너라는 직업에 관심이 많아진 것을 느낀다. 여러 기관에서 파티플래너 강의를 해달라는 요청을 받기도 하고, 파티플래너를 소개하는 다큐멘터리에 출연해달라는 제의도 받는다. 그리고 이렇게 책까지 쓰고 있다. 이처럼 열심히 파티플래너를 알리는 일에 앞장서고 있는데, 이것이 내 소명이라고 생각한다. 또 내가 좋아하는 일을 궁금해하는 사람들에게 성심성의껏 알리는 것도 나의 역할이라고 생각한다.

파티플래너라는 직업을 더 많은 사람이 알게 되고, 곳곳에서 멋진 파티를 만드는 파티플래너가 많아진다면 얼마나 좋을까. 훗날 파티를 좋아하는 나도 재미있는 파티에 플래너가 아니라 파티어로 참가할 수 있으면 좋겠다!

누구나 사랑하는 사람을 위해 파티를 준비한 적이 한 번쯤은 있을 것이다. 파티를 준비할 때의 설렘, 사랑하는 사람이 좋아하는 모습을 볼 때의 행복감을 무슨 말로 표현할 수 있을까. 이 맛을 아는 사람은 분명 일상 속의 파티플래너다. 파티를 플래닝한다는 것은 진정으로 아름답고 행복한 일이다.

모두가 사랑하는 이들을 위해, 때로는 나를 위해 파티를 해주는 파티플래너 같은 삶을 살기 바란다. 진심으로 행복할 것이다!

'지금 좋아하는 일을 하고 있습니까?'

이 제목에 끌려 책을 읽는 분들이라면 저와도 잘 통할 것만 같았습니다. 그래서 제 이야기를 하는 것임에도 마치 독자분들과 같이 이야기를 하고 있는 것 같은 기분이 들었습니다. 이 글을 쓰는 내내 감사하고 행복했습니다.

제 이야기가 누군가에게는 힘이 되고, 공감이 되고, 위로가 되길 진심으로 바랍니다.

책을 쓰면서 많은 분들이 떠올랐습니다. 지금의 이벤티움을 있게 해준 전 직원들, 현 직원들 사랑하고요. 항상 즐겁게 파티를 성공적으로 만들어주는 파트너분들도 정말 감사합니다.

5월 가족 행사를 준비하느라 막상 우리 가족과는 생이별을 하고 있는 저에게 타박 대신 응원을 보내는 남편. 엄마가 글 쓰러 간다고 말하면 떼쓰지 않고 "그럼 나는 공룡에 대한 책을 써야지!" 말하는 다섯 살 아들. 진심으로 사랑합니다. 파티플래너로서 모든 열정을 쏟아부을 수 있게 물심양면 지원해주시는 어머님 아버님. 사랑하고 감사합니다.

힘든 일이 있어도 재미있게 넘어갈 수 있는 순발력과 재치는 아빠를 닮아서입니다. 아빠 사랑하고 존경해요. 늘 긍정적으로 생각하고, '할 수 있다'는 자신감을 장착하게 된 건 어렸을 때부터 "넌 김정연이니까 할 수 있어!"를 항상 말해주신 엄마 덕분입니다. 사랑하고 감사합니다.

살면서, 그리고 사업을 하면서 유독 힘든 날이 있습니다. 이럴 때 제가 하는 극복 노하우가 있습니다. 오늘의 감사한 일 세 가지 말하기입니다. 정말 우울해 죽겠는데, 불안해 죽겠는데 감사한 것 세 가지나 말하라는 게 말이 되냐고요? 억지로 생각하면 이런 것들이 나옵니다.

- "오늘도 우리 가족이 다치거나 아픈 일 없이 건강하게 보낸 하루였음에 감사합니다."
- "할 일이 많아서 힘들지만, 새로운 기획을 할 수 있도록 이렇게

많은 의뢰를 주셨음에 정말 감사합니다."

- "진심으로 열심히 일해주는 훌륭한 직원이 있음에 감사합니다."

당연하다고 생각하는 것에 감사하다고 말하다 보면 불평불만이 사라지고 다시 감사해지더라고요.

"지금 정말 잘하고 있는 거예요."

우리는 더욱 반짝이는 '나'를 발견하기 위해 앞으로 나아가고 있는 중입니다. 제가 응원할게요.

읽어주셔서 감사합니다. 사랑합니다.

지금 좋아하는 일을 하고 있습니까?

1판 1쇄 인쇄 2024년 8월 26일
1판 1쇄 발행 2024년 9월 3일

지은이 김정연
펴낸이 김병우
펴낸곳 생각의창
주소 서울 서대문구 거북골로 120, 204-1202
등록 2020년 4월 1일 제2020-000044호

전화 031)947-8505
팩스 031)947-8506
이메일 saengchang@naver.com

ISBN 979-11-93748-01-5 (03810)